寻找旅行者一号

真言题

王童 著

作家出版社

激情的天空

—— 读王童

谢 冕

不知道王童还写出了这么多出色的诗。过去只知道他是名编，编出了诸多优秀的获奖小说、散文等。同时知道他自己也发表过些角度新颖、气质不凡的小说，如《把耶稣逗笑的日子》《美国隐形眼镜》《缰绳下的云和海》等。如今突然看到他竟写出了这么多充满激情和幻想的、跳动着生命火花的诗篇，真是难以掩饰地欢喜。

王童这本诗集总括起来看，与他的小说有一脉相承的地方，都带有一种扩容的张力。与此相通，他的几篇小说也都蕴涵着诗的韵律与节奏。这些不同文体之间的互融造出的奇观，不知作者是否意识到了？也许就是他的刻意而为。举例说，他的诗体小说《懂事的年龄》的主人公就是一个活生生的青春勃发而又令人困惑的另一个少年维特，是小说，也是诗。

现在看来，王童的小说和散文的写作似乎只是为他的诗歌写作做准备，这可能是我的武断，但确实却是由偏爱而诞生的武断。在别的文体那里小试锋芒之后，他向我们亮出了他的精心制作——诗，包括这本诗集中的《寻找旅行者一号》及其航天系列。王童在这些诗篇中倾注了他的全部热情，构成了他的充满想象力的激情的天空。

作者丰富的知识结构、开阔的学术视野，还有对诗而言至关重要的奇思妙想，都在这片天空中发挥到极致。亘古而今，日月星辰，风花雪月，造出了人世无数的迷茫，同时也造出了无边的诗意的幻想，于是产生了屈原和但丁，他们的想象超越了一般经验的瑰丽而奇特的人间风景。古希腊、古罗马神话，《一千零一夜》《嫦娥奔月》《盘古开天》《后羿射日》，这些天马行空的古代神思，都呼唤着生命的图腾。

人类寻找外星文明，通过发射外太阳系的空间探测器呈现出自身的艺术想象。剖开因为战争，因为雾霾，因为新冠病毒，因为你争我夺以及人间难以克制的贪婪，最终聚力于奋争与生存的场景，这是王童这些诗要抵达的终点。《寻找旅行者一号》全诗都在抑恶扬善，以与天地万物平行、宇宙和谐相处的极目远天的目标索引，诗人为我们勾画出一幅幅人间不停叩问寰宇的图景，这些图景扣人心弦、发人深省、引人浮想联翩。

我与王童有过的几次接触，都是在当年《北京文学》的相关会议上，我知道他是一位充满活力而又敬业的编辑。现在看到他这呼天唤地的诗作（例如其中的《今天我要登月》还被《中国日报》译成英文发表），真的要刮目相看了。

世界是日新月异地向前发展了，特别是在科技前沿以及互联网方面，世界正在以让人瞠目的奇速召唤着我们的诗情。中国现在的诗歌写作状态与此是极不适应的，诸多诗人正沉溺在他的、他们的小而又小的天地里写着他的、他们的小感受和小悲欢。他们的诗几乎与世无关。

中国的确需要像王童这样一些具有国际视野的史诗性作品，诚如荷马和赫西俄德之后古希腊诗进入古风抒情诗时代那样。王童的写作启示了我们，他的写作已经具备了向着宇宙天空的无边浩渺展开的特质。中国需要适应人类进步的大作品。

我相信在试验了小说和散文的文体之后，王童如今的诗歌写作史翻开了他个人写作史的崭新一页。我相信王童有继续前行的潜力，他今后的展开与发扬是完全可以预期的。

2017 年 6 月 6 日于北京大学采薇阁

目 录

战歌嘹亮

子曰诗云

域外之声

人类奇迹诗三首

情丝一束

散文诗

诗体小说

后记

附录

航天组诗

寻找旅行者一号

1. 天宫穿越

这宙斯的统治，

这朱庇特的威严，

他们高悬在天庭，

他们让雷霆战盾构筑了森严壁垒，

他们从宇宙的黑洞里伸出霹雳闪电的魔手。

退出去！

这是我们的领地。

快躲开！

这是我们的新边疆。

我们有星球大战蓝图，

我们有阿波罗登月壮举，

我们的空间站绝不能让你们染指。

各国的诸神已来过，

群仙的盛宴已欢聚，

但没有你们的餐桌，

没有你们的夜光杯，

天帝已下了逐客令，

圣斗士军团已列阵筑起一道道防线。

而我们是一群从花果山奔来的泥腿子造反者，

是违抗你宗教裁判所禁令的异教徒。

我们不羁的飞行没有止境，

我们升腾的火焰从《东方红》的乐曲声中就一直奏响！

我们的孙悟空将去大闹天宫，

我们哪吒的风火轮将穿越你冥界的天河，

普罗米修斯的火炬点燃三昧真火，

吞噬掉你的特洛伊城墙。

鲲鹏展翅，

东方呼啸，

两张不动声色而又坚毅的脸，

仰卧在火焰之上的军礼行云流水。

逃逸塔脱离，

整流罩滑落，

船箭分手，

太阳光板展开，

五颗行星前来护航，

恰似粒子风将国旗激荡。

你景丹的后人，

你陈寿的子孙将续写新的历史，

携燃烧的利剑去刺破苍穹，

握千束闪电击鼓鸣金！

这是一把开启天使行宫的钥匙，

这是一柄开天利斧，

掀起海浪托起诺亚方舟，

吹起东风直上万重天！

我们的量子卫星将寻找到，

暗物质中的十二星座，

天蝎与巨蟹在青空爬行，

大熊与白羊在比肩奔跑，

诺亚活了，

诺亚要拯救苍生。

这是我们的宫殿，

这是我们东风小区的三室两厅，

一号二号邻家召唤，

去对接装修出另一方空间。

在此布局开舱吧！

在此遥看波塞冬的海景，

在此飘落至月面与塞勒涅狂舞，

酒泉的醇酒将抛洒至狄俄尼索斯的唇边，

华尔兹波罗乃兹与安塞腰鼓，

群星似庆典的天女散花，

太阳跃出银河的岸边，

奔向那彼岸，

奔向那燃烧，

奔向那辉煌！

除去那日脸的黑子黑斑，

焕发出青春喷薄的容颜。

2. 诞生

我们是从这里诞生的：
一切似都在白虹贯日的兵戎相见中，
我们有了战争与杀戮，
烈焰中的圆明园在哭泣，
成吉思汗的铁骑与日德侵略军队的钢盔，
拿破仑的横扫欧洲与 1812 年序曲，
斯大林格勒的血战迎来了诺曼底 D 日登陆。
希特勒挥拳狂喊着，
墨索里尼噘着嘴撸着袖，
神经质的人群雀跃欢呼着东征西讨，
欧罗巴在战火中，
亚细亚浴血至杀戮间，
朱可夫重穿上库图佐夫的帅服，
丘吉尔的雷电之声唤醒神鹰助战，
科隆贝的戴高乐让埃菲尔铁塔与他比肩，
毛泽东叉腰远望着刺刀见红的第八路军。
中正剑剑指着众将士拼死会战，
核裂变的冲击波开启了地狱之窗。
我们穿行在蘑菇云中，
四值功曹弹指交错了一个时代。
一切都沉寂了下去，
一切都沉沦到了海底，
畸形的科技，

扭曲的人性，

自大狂的独裁者。

我们伟大的德性，

我们不朽的荒谬，

那沉沉的黑暗，

那沉睡的宇宙，

那胶着的实晶体，

那层层叠叠的重压，

蓄势待发酝酿发酵，

延续了千百万个光年。

3. 人间

我们的裸身是这样的：

男性的胸肌贴着女士的乳房，

激情的阴茎插入深邃的阴道，

一个精子或数个精虫蚯蚓样爬进雌质的卵巢，

精子滑入子宫融汇血液，

胚胎出了居里夫人与爱因斯坦，

诞生了蒸汽机车同贝尔的远程通话，

蜷缩舒展出了质子火箭和磁悬浮列车。

列车穿回时光隧道，

集体农庄里饥饿的眼神同氏族公社延续下来的乌托邦，

阴阳对立白虎撕咬制造起一片哀号的贡生兄台，

波涌的运动齐楼的标语墨写的荒诞。

荡涤荡清荡然无存，

哭泣欢笑喜从悲来。

苍玄冰镜，

射电望远镜又寻找到了新的飞龙四灵。

北纬四十度到四十五度之间，

"9·11"恐怖大王从预言中而降，

斜眼巨灵率鬼魅奋勇前进，

阿富汗巴比伦在激战，

叙利亚遭肆虐，

LS毒焰四处蔓延，

古城被毁，

大佛被摧，

义军讨伐，

飞弹攻击。

一个宗教的多权分枝，

一个世界的三极分化，

挚友反目，

姊妹残杀，

难民汹涌，

篱笆扎紧，

飞将军铁马挥戈而来。

你见过勃列日涅夫吗？

你认识尼克松、约翰逊吗？

你知越战韩战及珍宝岛之战吗？

纳吉布拉阿明成苏盟友；

拉登从伏击苏军阵地中变成缠头黑豹；

孙玉国让扣动冲锋枪反击 T62 坦克；

黎笋在坑道里学会陈赓的战术变仇雠；

缅北丛林间红卫兵奋斗的理想破灭；

生奉七月四日的大兵加入万众反战。

庞大的帝国解体，

波尔布特成了人间屠夫。

核试核爆核污染；

人格裂变，

同性相恋，

阴阳错位，

萨德萨斯并肩而来，

雾霾地震此起彼伏，

台海波谲云诡，

孤岛剑拔弩张，

地狱的圈层在拱动，

恐龙鸟飞鸣而过。

说是在大爆炸中炸出了日月，

炸出了天琴座与天燕座，

炸来了七姊妹星团飘过麦哲伦云，

炸开长江并黄河的水道，

炸飞太平洋顶出大西洋，

炸裂了喜马拉雅山撞开俄罗斯平原，

撞击挤压成尼亚加拉大瀑布和阿留申群岛。

而在大爆炸之前那是什么？

一块凝固的黑暗？

一堵无边的迷墙？

中生代古生代，

欢乐的草原被大洋掩埋。

茂密的森林沉入海底。

层层叠叠，

断断续续，

成了煤层，

燃烧出了生命，

那旋转的地球在元灵的怀抱里繁衍出了美索不达米亚神话，

繁衍出了华夏一族。

4. 四季

赤道与黄道的交角，

经度和纬度的交接线，

东经一百八十度北纬四十五度九十度。

春夏秋冬在震旦的旋转中逐一呈现。

你天在环舞，

你宇在奔跑，

云团散落，

大气弥漫，

冬的寒冷。

春的节气，

北极的冰川，

南极的企鹅，

企鹅成恐怖片的主角。

冰川让科学狂人给融化淹没城邦。

温顺幽默的熊猫是朱雀的遗民。

我们的节庆为何都在冬日里？

圣诞春节，

小年大年，

吃饺子品蛋糕。

饺子是月牙形，

蛋糕是太阳状，

圣诞老人是上帝的使者，

福到门神是北斗星君拈来的吉帖。

举家欢聚，

杯盏交错，

酒逢知己千杯少，

圣诞歌声献耶稣。

战争中却有圣诞攻势，

战场上则存年夜袭击，

志愿军成圆木整团冻死在前沿阵地，

突进斯大林格勒的德军让风雪阻挡。

大年夜，

杨白劳喝卤水而去。

冰雪的寒冷，

让人饥寒交迫，

冬令的降温，

消耗着取暖能源。

树木被伐，

煤炭深挖，

烟雾扭曲，

让云变黑，

黑云退去，

夏日的艳阳普照。

人们挥汗如雨，

女士的玉臂嫩足展露着魅诀，

情侣们在海滩上肢体舞动，

海水中的鲇鱼曾在水星的湖泊中游弋，

深海层的珊瑚是从木卫三滑落下来的，

赤道中的高温让恒河边的爱古里人中暑。

紫外线灼伤了望日的瞳孔，

骄阳烤炙着龟裂的稻田枯燥的果园。

山火层燃，

丛林被毁，

秋分渐将毒焰收去。

落叶缤纷，

万木衰败，

秋风萧瑟刮来诸多爱情悲剧：

黛玉葬花；

马嵬坡下泥土中不见玉颜空死处；

奥菲丽娅随花瓣漂流；

茶花女香消玉殒。

故都的秋色。

平湖的秋月。

哀愁恬淡。

跳过这萧条，

唱响春之歌，

万花齐放，

百鸟朝凤，

春风不度玉门关！

春潮滚动惊蛰响，

季风刮起了黄沙铺天盖地，

日晷蒙脸，

月裹纱巾，

防护林带阻止了东顾不了西。

我们在这季节里煎熬着。

我们行走于风花雪月中畅想着。

明月千里。

亿万斯年。

本初子午线划分出了阴错阳差，

吉凶善恶。

5. 家族

你们的存在是怎样的形态？

你们的繁衍如何在闪烁间？

我们叫人类。

我们叫生命。

我们被进化论定为是从猴子变来的。

猴子在峨眉山，

猴子在肯尼亚森林，

猴子在亚马孙河畔，

猴子爬上了树，

猴子荡上了秋千，

树倒猢狲散猴子成了人。

尼格罗群带着猿的基因，

印证着达尔文，

你们认同吗？

你们相识吗？

这灵长类的哺乳纲目，

被推论是你们的私生子。

高加索民，

棕色种族，

蒙古类型，

是你们给贴上的皮肤吗？

这芸芸众生物以类聚，

出现了社会家族法律，

产生了首领统帅与君王。

为夺王位，

杀父弑母，

抢妻夺子，

肱骨分离，

叔侄相斗。

父父子子，

君君臣臣，

鲜血淋漓

手足相残，

亲情割断。

江山社稷，

黎民百姓，

要靠一人主宰；

要任一命来延续。

秦皇一二世，

拿破仑四五代，

主体元年的王朝，

普利兹克城，

罗斯柴尔德庄园，

车奔人行，

资本盈溢，

盘剥争锋，

色欲无度，

五洲在手，

定于一尊。

是你们让万家灯火这样闪烁吗？

是你们把人类的灵魂折叠后抛撒下来的。

苦海中的罪孽，

喜极而泣的呼号，

无数个家族构成了
饕餮夺食的战场。
白蚁争穴的裙带。
这一高楼，
那一围墙，
圈进了忍饥挨饿含辛茹苦的族群。
我们奋争，
我们起义，
我们替天行道。
我们与你相约，
我们渴望正理平治，
我们企求青云昭彰，
八难之众入净土，
桀纣下火海。
自由女神飞过蔚蓝，
兄弟姐妹执手相欢，
白云亲舍，
承歌膝下，
我们望着你十五的月宫，
我们盼着你的福星高照而至。

6. 爱情

我们是多余的情种，
我们是无形的浪荡儿，

生儿育女的过程，

让我们备受煎熬。

孔雀东南飞；

少年维特的烦恼；

那悲痛欲绝的殉情，

那锥心刻骨的痴恋，

点点滴滴，

浩浩荡荡。

从古至今，

绵延不断。

你们是怎样聚集在宇宙的？

你们的飘荡飞旋可需要纵横交错的情感渗透？

你们的美貌是菱形的还是半圆状？

你们的眼大如我们的飞行风镜。

你们的肢体似我们刚出生的婴儿。

你们飞行器像我们冰面上旋转的陀螺。

你们是生育繁衍，

还是太白团涡成？

我们的痛苦失恋嫉恨是你们移植过来的吗？

情欲泛滥，

鼎金相击，

让人成了原始动物。

我为一个荒淫的欺骗而望残蛾流泪，

我为一个欲求不到玉体而手淫幻想。

那优雅的雪颈，

那饱满的胴体，

是上苍塑造的吗？

厄洛斯万箭齐发，

射中了那么多悲欢离合的人，

他们组成了家宗，

他们破碎了婚缘，

阴阳裂变，

朝夕错位。

我们渴望脱开婚姻的窒息，

我们希图打碎疲惫的生存枷锁，

在天愿作比翼鸟，

所有的鸟都是恐龙的化身。

在地愿为连理枝，

遍地的枝叶皆是秋风扫去。

落叶缤纷，

情感失落。

英雄要去爱一个荡妇，

芳心要系一个情种，

大河波浪起，

情霄恨海搅起纷扰阵阵。

长恨歌，

白蛇怨，

人鬼情未了，

幽圄鹪鸪念，

地狱之火在燃烧。

跨越飞升而去。

将尘情斩断，

举苦酒饮尽，

把嫦娥娶回，

与缪斯裸奔，

到青龙七宿的圆周上与美狄亚私情，

我要当炎帝与阿佛洛狄忒跨海之恋的混血儿。

我要打破赫斯提娅的处女之身。

你们把人世重新塑造，

你们将虐恋的涩酒酿成甜蜜的甘露，

我会同你共饮我的鲜血，

我将让你舔干我失恋的泪水，

这围城这田园，

这机器这塑料，

金棕美女黑发帅男，

深邃似海的眼波，

弹性奔突的皮肤，

激流如泉的 ABCD 型血液，

爱情就从这夹缝中爆发，

毁灭的重生也就在你们的意念中出世。

7. 食粟

你们吃什么？

你们喝什么？

你们在偶一现身的飞行器里，

有早餐午饭与晚宴吗？

解剖过你们的尸体，

打开过你们的头颅，

这谜底一直收藏在海底。

现代的科技，

满目的超音速，

是你们输入的吗？

我们是煮鹤焚琴的贪婪之徒，

我们拿起石块，

我们挥起刀斧，

我们点燃篝火，

一粒稻种，

一颗麦粒，

是我们的食物。

飞禽走兽，

鱼虾水母，

蒸炒成佳肴。

烤鸭的香溢，

鱼子酱的高蛋白。

吃个麦当劳夺门而出，

饮扎黑啤切块牛排颟顸岔路。

辣的川菜，

鲜的粤味，

八大菜系，

九蒸三熯，

舌尖上的滋味，

蚕食鲸吞。

为夺一袋面粉，

我们可发动一场战争。

为抢牛羊，

我们去兵戎相见。

猎杀追逐，

虎口夺食。

我们的贪婪，

我们的残忍，

我们的愚昧，

世所罕见。

贫饥的灾民等待施舍，

杂交水稻拯救着饥荒，

你们的食品是何物？

你们的美餐怎样进行？

你们的屎尿粪便如何排泄？

蟠桃盛会里的果香，

东西神祇的欢会，

灶君端上了珍馔，

你们应知晓。

你们当品味。

圣界的温饱无弱肉强食，

碧罗的粮仓盈满殷实。

8. 科学

一滴清澈透明的水珠，

落入纹理纵横交错的掌心，

掌心里有生命线功名路健康丘。

手握着世间，

眼界却囿在尺寸，

巴斯德的显微镜透视出另一方菌类生力军。

它们千军万马在奔跑，

它们尔虞我诈在相互残杀，

生命体被侵噬，

蛋白质核酸构成的病毒蹂躏着肌体。

埃博拉非典同艾滋，

雾霾在头上笼罩，

渴望空气的嘴被拴牢。

众生在矿物质中寻求财富；

铁铜镍铬和银：

磷酸砷钾与稀土。

烟囱林立，

土地深翻，

金币闪闪，

豪车飞奔。

楼在攀升，

河水血流，

我们的泥土有酸性碱性的质地——

土豆萝卜小麦从中长出！

填饱了我们的胃囊。

牛羊鱼虾东奔西游，

挤满了我们的欲壑。

巫山云雨浇灌着西门庆的色胆，

资本的利润润滑着私密的储蓄卡。

我躺在 B 超及 CT 里，

我的顽疾被射线照穿，

手术刀割去了我的肾，

呼吸机助动着我的气管，

我要变成另一荧惑球上的生命体，

在星际间来回穿梭。

雾霾之上是湛蓝的草原奔跑着白羊棕牛，

人间头顶为净界，

盘腿合掌气定神闲，

发射塔架上寄托了人的青霄狂想。

神舟飞船划轨种出了生菜，

我们的玉宇，

渴望一碧如洗，

我们的呼吸，

企求开怀畅饮。

精子冷冻，

尸体深藏，

宇旋地转后欲再活五百年！

砸碎这庞大的地球监狱，

杀死心房中的狱警，
去胜利大逃亡！

9. 哲学

日心系构成了我们的大脑。
端脑分成西南两个半球，
间脑运行着数个丘体，
土星的环带扭结着脑皮层。
装进沟壑爬进思维，
思维是痛苦的，
思考有悲惨状，
合理的存在并畸形的悖谬，
三维空间纠缠在了一起。
自杀念头的哈姆雷特，
愤懑弑君的王子，
越过日高山，
跨过激流河，
二律背反的冲突。
歌以咏志，
流言纷起，
终极的火在烧，
脑白质与灰色质的河床开决，
冲刷着网状的堤岸。
尼采与荀子共鸣着人的意志，

老庄携莱布尼茨公式亦理亦幻，

伟大人物的卑贱，

渺小男女的卓识，

萨特眼镜后面资产阶级的孤芳自赏，

乔治·奥威尔《一九八四年》的预见。

夸父逐白驹，

后羿射太阳，

狂徒自诩日，

土焦野枯，

臣民奔逃。

日冕晶盘，

稻薯千重，

相亲相爱，

相逢相生，

衣食住行，

温饱男女，

何以总要去异想天开？

教堂的尖顶启人幻觉，

纤魄的闪烁神灵附体，

孤独的哲人是尘世的先行者，

是上界的宠儿。

10. 艺术

她们都在飞：

沙漠的石窟里埋着乾闼婆裟娜的飘带，

湖畔旁旋着奥杰塔的展翅，

琴音乐声倾肃籁而去。

凡·高割耳始听到上帝教诲；

徐渭刺中命门才悟出画境无边；

梁祝的化蝶映照着朱丽叶的圣洁；

德彪西牧神午后渗入渔舟唱晚的秋水；

好莱坞的影像透视出我们亦真亦幻的生活。

走来一个中近景的人，

远去了一个时代。

茶馆的京味融进了三教九流，

京剧花旦对小生念官人，

西皮摇板，

《水龙吟》《宇宙锋》，

生旦净末丑，

脸谱油彩后面的角儿唱出：

玉皇爷驾祥云接我上天。

天来了，

《宇宙锋》的宝剑叩开帝宫的住所。

戈尔尼卡撕裂了人的躯体，

圣女袒胸引导着自由的人民；

壶口瀑布震响着冼星海黄河的怒吼！

神舟里收藏了琴棋书画，

甲骨文写着意玄，

汉宫秋月弹进了广寒宫，

悲悲切切，

哀怨怜别。

米开朗基罗的大卫像，

气宇轩昂地准备去搏斗，

放下你的鞭子，

拿起你的刀枪，

景仰山上的纪念碑群雕

让人永世难忘。

11. 领地

冷兵器的拼杀。

迸散的火药味。

为何去攻城略地？

十字军东征，

奥斯曼西进，

蒙古可汗的摧枯拉朽。

一个个帝国兴起，

一座座大厦倾覆，

文明臣服于野蛮，

地下黑色的血流，

诱惑着吸吮者你争我夺。

一片不毛之地，

几个荒岛，

剑拔弩张，

横眉怒目。
昔日的难友反目成仇，
旧年的情人蜜月度尽。
我的面包你的土豆，
合久必分，
分久必合，
地标地界，
历史的痕迹。
你说我说，
让古尸醒过来，
让沉船重新起航，
太阳帝国已日薄西山。
我的河流，
我的山野，
广袤无垠的平原，
波涛起伏的海疆，
连接住各个出海口。
我在守卫，
我在牺牲，
我与这领地领海同命脉共呼吸。

12. 文明

蝗虫一样的人，
拥挤在城区的街道上。

地下亦钻行着各色族群，

书报扔在了一边，

网虫四处爬行，

礼数悉被践踏。

鸡鹜相争，

鼠牙雀鸣，

横死者哭诉无门，

掌权吏肆无忌惮。

和谐号闪电而过，

大坝横空出峡，

彩桥跨海越河。

微分子潜粒子已对撞出新活力，

黑客维基揭出惊世秘密，

跨国诈骗传输着九头蛇的毒液。

读圣书，

拜贤君，

富者一掷千金，

贫家仰呼哀号，

战乱裹挟着饥民颠沛流离。

快车道，

高速路，

奔向远山扑向边河，

喧嚣的都市要返璞归真，

虚假的作秀要镜向云照。

夜深人静时仰望远空，

心静如水食宿简约。

读一读《论语》，

看一看《三字经》，

当一回农人少一分纷争。

处女座旁的卫星在划行，

那里面有睡着的人，

有悬浮的灵魂，

灵魂出窍，

再生再世。

13. 一带一路

明海的尽头，

漂来了郑和庞大的船队，

下西洋结新朋，

灭海盗联国欢。

三宝太监的庙堂，

见证着历史，

传递着横涯情。

七次的涉涛远渡：

去国十万里，

回土千重浪，

古里爪哇，

苏禄剌撒，

三十六国君的欢欣。

罗盘导向风帆之上的北极杓衡，

去红海绕波斯湾入地中海，

回溯汇合着汉武帝当年的雄心。

那条与匈奴激战的血路，

张骞九死一生出使让它成黄金带，

丝绸飞舞马可·波罗惊叹财宝成山。

融合交流贸易，

驼峰上托着欢喜，

沙漠里溢出玉蟾泉，

风过路出，

凿洞挖山，

神勇的中国开路者，

让高铁穿越而过。

一路向中亚，

一方去西亚，

欧亚大动脉贯通。

俄罗斯新郎新娘穿上龙凤新衣，

日耳曼机师品尝鱼香肉丝，

吉林兄浙江佬喝上了德国啤酒与秋林格瓦斯。

塞纳河上的浅月，

金字塔上胡佛的眼睛，

交织在了故宫的角楼上。

14. 社会

我走进这座门，

我又从这门走了出来。

那门成了我身份的标志，

双头鹰飞到了我头顶，

海雕越洋跨海驮着我向彼岸滑翔，

我在那里栖息片刻，

又飞回了那座拱形的门。

我听到嘈杂的鸟语声从东鸣到西，

东面的鸟岛季风南归，

西方的森林北回燕去，

是你们在太阴背后给这里划分的吗？

这是我的团体，

这是你的族群，

团体是红黄色的，

族群有棕黑状。

一条低压槽线横贯在棕黑色人群的头上。

头上翻滚着阴云。

他们临危不惧，

他们搏霜抗争，

直到冰雪消融，

大雁南飞。

红黄色的社团，

则囿在一棵树下，

阳光从鸟窝中泻下。

狂风吹来欲连根拔起。

众人齐心将树护住，

把它深根洞埋参天茁壮，

白头海雕召来鸥燕群翔盘旋。

双头鹰站在骑士肩上，

展开双翅鸣击长空。

我的门迎接着它们，

我的门是自由之门，

你们穿梭往返让仙后降临，

你们的面孔不再狰狞，

你们的笑容迷人而又动容。

流云张开了伞，

铁腕系紧了腰，

我的最好，

你的最棒，

呢喃呢喃地追逐而去。

在海岛上栖息，

在河岸旁安家。

太阳升起，

时空交错，

我横跨了两个世纪，

我穿越了不同的制度，

向东学向西照，

融进海王爪倾泻下的海洋。

我这鱼游向了彼方，

你那豚跃入了此岛，

我持着绿卡去了彼国，

你诵读唐诗来到这古都。

我学来了独门绝技，

你掌握了祖传秘籍。

从法兰西到美利坚，

从樱花树下到赴莫斯科，

我承受了各种苦难与喜悦，

我迎来了不亦乐乎的宾朋。

你们已在华盖间频传着这里的波段。

是你们挑起了战争吗？

是你们铸就出了一个个狂人。

现血泊已干涸，

刀枪已入鞘，

胡越成一家，

同饮一江水。

15. 历史

我们的历史有上千年，

我们的历史有上万年，

我们的苦难史有上百万年。

你们是那么地遥远，

你们躲在光年和数学的后面，

你们计算出了单位重量和电磁波，
在大爆炸那刻你就粘合出了我们。
我们的球体是你手中的一颗佛珠。
我们的生存，
是你们的遗传。
孟德尔在揭示，
摩尔根见染色体，
毁灭的文明又穿上原子的外衣。
金字塔，
秦皇陵，
明地宫，
金缕玉衣，
斯芬克斯的狮身人面。
玛雅人的太阳祭坛，
都印证着与恐龙共生的时代。
纵二千年寰九万里，
经之纬之左图右史，
这史是你们的一日。
是你们的一刻。
是你们的一念。
君王的足迹，
皇朝的历程，
代代相传，
子孙相授，
三皇五帝，

九代十国，

帕特农神庙中的法老，

圆明园中的嫔妃，

大水法，

青铜器，

《汉谟拉比法典》，

让阿拉伯数字灿烂奇妙。

无敌的小亚历山大，

征服了世界，

人去楼空，

大厦倾覆。

拔山盖世的铁木真，

横跨欧亚，

薨不知所终。

你星汉的版图怎样聚合？

你云间的涡形如何划界？

孤云是岛国，

浓云是强邦，

克利奥帕特拉用毒蛇结束了埃及，

神龙革命告别了武周王朝，

她们都称朕，

她们是你赐下人间的女巫吗？

今日的庆典，

今宵的焰火，

首领相会。

臣民相拥。

迎来了万州同庆!

那大厦间,

有我们的议会,

有我们的争执,

有我们的吵闹,

我夹着一沓文件匆匆而过。

尔围着圆桌探研着甲骨纪事。

古墓中发现三亿年前的螺丝钉,

你们用它拧什么了?

书桌,

衣架,

电视机的壳体?

躯壳里屏幕照见了你们的超级月亮,

玉轮下游击队在偷袭,

大兵团在奔行。

大太应元,

乾中永和,

朝代年号,

流萤划过。

我在你那里吗?

我是你麾下的一个兵卒,

我成了你侧旁的一个参军。

两旁的人向中间汇拢,

成了上院下院,

有了共和两党，

开了政协人大。

我活不到二百年，

我会延续亿万个光年。

我将重新开辟又一个历史的源头，

我去书写一轮又一轮的春秋伟业。

16. 宗教

大足石刻上有佛儒道并列的雕像，

基督与释迦牟尼执手相敬的仪容，

利玛窦的教堂同佛牙舍利塔遥遥相望，

《古兰经》上颂唱着友善，

文庙在诵读着《弟子规》。

我们的寄托，

我们的圣餐，

我们的礼仪，

皆从你亲生的兄妹中布道得来。

那艰辛跋涉的传教士，

穷乡僻壤带去上帝的福音。

苦行僧风餐露宿吟经去梵界，

安拉收容着信仰真主的信徒。

纷扰的战争为哪般？

派系的睚眦，

目标的纠缠，

他们是你一母所生，

他们是你一庙所养，

清真寺的日月，

哥特教堂的弥撒，

十八罗汉捧出千手观音。

你是这样让我们互助友爱，

圣歌唱进伊甸园，

佛光照人间，

红新月会救济苍生，

耶和华让你忍受荆穹棘野，

阿里伊用困苦考验信众，

菩提树下的八劫。

大悲咒，

盖德尔，

圣母颂，

十三棍僧救唐王，

胡斯正义之剑为上帝。

斋月里的进攻，

你的耶路撒冷，

我的麦加圣地，

阿育王铸剑为犁。

那万众的士兵在列队执勤，

那如山的战车筑成壁垒，

大卫王的箭射向苍冥。

释道之争，

铁甲比肩，

妇幼捆绑成炸弹，

汽车塞满火药冲向人群，

这是你刻耳柏洛斯的临世吗？

信道者信教者信神者，

全要进入你天国的圣殿，

诸神万物歌唱。

17. 天谴

我看不清你的脸，

你认不出我的面，

我们的肺叶过滤着这夕尘。

是你们将黑色的斗篷垂了下来的吗？

是你们将宇宙的尘埃降临人间的？

这迷离中有太多的诉求，

鬼魂的号叫在火狱之中。

我想逃离到厄尔巴岛上，

我想沉入海底进入你们的洞城。

那弥漫的细颗粒物是你们的唾液，

二氧化硫二氧化氮臭氧是你们的排泄物吗？

PM2.5 PM10 是何物？

是绩效管理，

是人的贪欲。

它们躲藏在舌苔下面，

它们成了人类的朋友，

让我们一起去逛逛王府井，

让我们携手漫步在昆明湖畔，

让我们亲密无间地走向南京路淮北巷。

让我们共进午餐，

让我们痛饮你的葡萄美酒。

让我们把你山泉浸透，

咳嗽吧！

那是动听的歌声。

哮喘吧！

这生命的战争刚刚开始。

推土机铲平了绿地，

狂风沙扫荡了草原。

汽油机油柴油，

推动着一辆辆咬噬的棺材，

水泥钢铁化肥硫黄侵蚀着温湿的沃土。

砸碎你卸货的矿车，

扔掉你致富的化工厂，

回到原始，

回到田园，

回到简朴。

与李白和徐霞客结伴去漫游。

你的塑胶，

你的高炉，

都将成为一堆废品。

收回你的浊物，

清理走你的垃圾，

有一个星球，

欲成为焚烧的垃圾场。

它们会借风神变成地中海的清新，

它们要把灵魂荡涤干净。

知你们已潜伏了几万年，

知你们已想惩戒这欲望无边的人渣。

冬至到，

圣诞临，

你们何以让撒旦垂幕而来？

致癌的烟尘，

绑架着圣母的劫犯，

夺去了嫦娥的贞操。

让泥土的潘多拉变成粉尘，

放出了诱人贪恋的白骨精，

这是一场自我宣战的战争。

浪漫的晨夕变成你魔鬼词条的词典。

你的神已不再腾云驾雾，

你的仙已蓬头垢面，

个个都变成了奇丑怪人，

家家已失田园风光，

你的刀剑在哪里？

你的军队在何方？

群妖乱舞，

窦娥悲怆，

毒焰在猩红的眼中四射。

我的远山已消失，

我的江河已浊秽，

我不能喊，

我不能唱，

气管已失声，

季风的擦拭已不见踪影。

面面相觑窃视流眄，

去进行自我拯救吗？

去联成千军万马，

让你的巨轮拽着奔跑，

悦耳动听的音乐在耳畔响起，

是你碧青港湾奏来的。

云在眼前飘，

是你湛蓝的晴空呈现。

那虚假的美图，

那 PS 的阴晴圆缺，

早已蒙上脏污的纱巾。

周年的运动，

圆率的滋长，

巽风婆怎能将那纱巾吹去。

层云似海，

朝日鲜艳，

我们的苦海已渡过去，

我们沉重的黑山已翻上顶。

你在云之上可俯瞰尘世，

你在霾之巅会探到凌波仙子的润濡。

摘掉你的风镜，

脱开你的面具，

我们相欢在净界，

我们聚首在你浪漫的周末。

18. 战争

一支烟枪侧躺在卧榻旁，

脚炉边小妾给捶着腿，

青烟袅袅，

余声阵阵。

鸦片提了神醒了目，

蒂巴因那可丁止了疼压了惊。

这罂粟花鲜红透明，

它有着虞美人丽春花的艳称，

古埃及的神花，

你天蝎座旁的装饰，

李时珍详记了它的药性。

妩媚附体诱惑众生，

它成了 1840 年的炮弹。

义律的船队，

射不到海蚀穴的岸炮口，

弓枪刀箭，

众不敌寡，

条约墨签，

屈辱丛生，

衰败开始。

我穿上了铠甲，

我拿起了长矛，

像堂吉诃德跃上了战场。

我啃树皮，

我爬雪山，

我在枪弹中浴血拼杀。

我的胳膊炸飞了，

我的肝肠剖出了膛，

为了你我的生存，

为了上苍的东西五百公里，

布衣乐园的一百四十公顷，

我将变得勇敢，

我将变得残暴。

秦王的军队脖挂骷髅征服六国，

汉尼拔翻越阿尔卑斯山聚歼罗马强军，

南京城里死魂灵堆成了山，

是你让魔鬼成为这空中之王的吗？

撞灭了太岁门，

奇袭了冥王军，

灵肉散落到我们这第七圈。

我们的战争刚刚开始，

我们的善良倾刻化为乌有。

那些风花雪月的调情，

那些悲欢离合的纠缠，

这刻一目了然，

这时界线分明。

仇恨就在瞬间，

爱恋就在子弹旁，

圣灵与审判的火共燃。

为何要去略地攻城？

我故生的沃土，

你幼年的故乡，

你说英语我讲汉语，

语法中有古文的之乎者也，

二十六个字母二百个词根告示着战争的动员令，

人间的烈焰四处喷发。

阿波罗已向你传递了四起的烽烟，

哈米吉多顿的世纪末决战向你们宣告着终结。

反抗的刑天，

骁勇的蚩尤，

你平息了他们，

玉帝的子民，

炎黄的庚辰，

大人国小人郡，

四海升平，

万众归一。
你让我们分布在各个撒丁岛上，
你把西湖的三潭印月浮升到玻璃湖湴，
映照着幸福与欢乐，
映照着浩劫同奋争。

19. 文学

你在写，
我在说。
象形文字的意会，
圈状字母的描摹，
结绳记忆的故事，
一千零一夜的奇谭。
紫宙上的书早在诵读，
丹子元吟步天歌，
布鲁诺殉葬宇无限。
这里有个莫言，
那里唱出个鲍勃，
文字激荡，
春潮翻滚。
文字寄托着东君婵娟，
语言翻卷着诗情。
骑士的飞奔，
圣女的春水，

恣肆汪洋，

一泄千里。

起承转合，

人情练达。

画中仕，

云中日，

山川河流，

皆在笔泻。

惨烈的悲情，

开怀的喜局，

呼号悯人的哀鸣，

悬疑意外的恍惚。

火烧连营，

围魏救赵，

南山经北海擘。

青鸟渔夫，

神农帝俊，

皆传旻意。

九百三十岁的亚当，

讲着造世的传说。

那是你们的笔，

那是你们的心领神会。

我们的历史这样被记录给你们。

我们的生存如此告知给造物者。

士为知己者死女为悦己者容，

伯罗奔尼撒的军民在奔袭。

红豆相思，

际涯传念，

多情自古伤离别，

普希金流放悲怀的感伤，

李贺老兔寒蟾泣天色。

云楼半开壁斜白，

泰戈尔吉檀迦利的神颂，

都已碧宇而去。

仰看着你，

笔底姹紫嫣红涌来。

我们有另一层空间，

我们有别一类冥想，

我们梦境的字符，

常有斗宿散落，

构成了篇章，

印出了书卷。

经书的侧页道出九州参横，

狂草中的怀素，

悲欣交集的弘一，

写出了九九八十一难，

勾画出了人生涅槃。

20. 寻找

这穹顶下有这样一些想入非非的疯子，

他们成了天神的联络官。

哥白尼牛顿，

伽俐略落下闳，

最初的上苍之音由他们传来。

他们有的被烧死，

有的被追杀，

但开普勒的眼睛仍在延伸。

千百年过去，

齐奥尔科夫斯基向深空伸出了五指要到环形山上取石头，

科罗廖夫冯·布劳恩与钱学森去实现他们的梦想，

加加林与死神擦肩而过，

阿波罗十一号奔向广寒宫，

杨利伟驾驶着神五在疾驰。

你看见了什么？

你听到了什么？

你看见了玉兔奔跳的身姿，

你听到了安泰俄斯咆哮的声音，

旅行者一号已抵达太阳系边沿，

哈勃望远镜发现璀璨的太空城市，

后继的量子卫星突破暗物质的屏障如影随形。

麦考利芙挑战者号上魂飞寰宇；

王亚平飘身抖动紫微，

水珠晶莹，

地球透明，

性灵生生不息。

六道轮回，

肉身修性，

列星随旋，

日月递炤。

克己复礼，

四海望太平。

从酒泉至太原，

从西昌到文昌，

探天的轨迹，

挟着万户的痴心妄想，

循着沈括与郭守敬的历法，

晨昏蒙影，

四季叠替。

划过数万年，

旋驰伏羲国，

星成虫，

月拱翅，

华胥踏雷，

生出人间。

四方上下曰宇，

往古来今曰宙。

去寻找吧！

能存亿万年的光碟奏响了地球之声，

霍尔斯特的行星组曲心传福音，

斯瓦斯里语；

阿尔泰语系；

汉藏语系；

阿拉斯加的风洞；

青海湖鸟岛上的鸟鸣；

杭州湾的梅雨滴；

潮汕的广东话；

贝多芬的四海之内皆兄弟与列农的摇滚的震动，

但丁神曲的炼狱与问天的苦恋求索。

我们皇天后土的简史已告知，

我们家园的形态已凸现，

我们渴望得到回响，

我们期盼埃俄罗斯一纸收条。

我们要移民至月球，

我们要定居在火星，

我们要让河外星系涡旋进人的基因。

道是青山不是青，

UFO 物种已频光临人间。

或就藏匿在我们周边，

或正同我们举杯共饮，

或隐身在我们左右。

他们是支幽灵队伍，

他们的面目是斯皮尔伯格塑造出的大眼睛梨脑袋细腰肢吗？

罗克斯维尔坠毁的尸体现身吧！

藏在沙漠海洋里的 ET 城掀开你的头盖。

层出不穷的飞碟你打开弦窗吧！

我们愿与你拥抱相欢，

我们想同你接吻相爱，

菲莱擒住了丘留莫夫—格拉西缅科彗星，

天宫二号伴随着脉冲星导航升空的对接，

我们已打开通往玉皇大帝与雅典娜宫殿的通途。

任鹰星云重重阻隔，

任赫卡忒用暗夜的斗篷来遮蔽，

盘古的神力女娲的执着精卫的蹈海，

已将天堂的大门洞穿！

天上的中轴线

那天他们从基地出发，

从天安门出发，

从中轴线乘神十一腾飞而去，

他们沿着那万家灯火划过了一道彩虹。

天上的中轴线群星璀璨万仙起舞，

天上的大栅栏与前门大街人声鼎沸。

群神在欢聚相会，

千魂在显灵高歌。

从仙女星座到麒麟辰轨，

私奔的姮娥，

叛逆的齐天大圣，

王母娘娘的酒缸掀它个底朝天！

痛饮吧！

这中国神话的续篇的琼浆。

抃风儛润吧！

这余音袅袅的华夏风笛。

嫦娥已不再寂寞，

她有了自己的街坊，

她找到了失散的父兄。

这新的门牌叫天宫二号。

这家就在天宇庙堂中轴线的尽头，

这家与碧霞的绣房为邻，

这家已出入了众多关里关外的儿女。

这天上的街市，

迎来期盼千年万年的河南与河北老乡。

这天上的中轴线连接到了永定门和故宫的坐标上，

我们唤响了天籁之音，

我们乘上天马牵引的战车。

正是从那一刻起，

我们撕碎了皇帝的诏书，

我们推翻了宙斯的统治，

我们唱着自由之歌，

翱翔到了九天之上。

这光年沿射的中轴线，

把银河系与黑洞彼方的旋涡星系环绕在了一起。

这里有祖冲之张衡与郭守敬的名片，

这里还有一颗钱学森星，

还有飘荡在暗物质与宇宙尘间的众多华夏英魂。

我们的神州穿破大气层旋转着回来了，

你看到了长城，

你见到了景山，

你在长安大街滑翔着。

你带回了天上瑞蚨祥的帽子，

你把全聚德的烤鸭送进了太上老君的火炉，

这是 2016 年 9 月 15 日 22 时 04 分 09 秒的热恋；

这是充满人间爱意的飞天长吻。

天上的前门大街旁：

情侣在散步，

夫妻在对歌，

航天员为妻吹响了口琴，

敦煌中的飞天壁画砌上了月墙，

研究室的女杰计算出了火星的轨迹。

到中轴线上去走一走吧，

到天上的闹市去逛一逛吧。

你来了，

我也来了，

月亮映照着我们的脸，

宇宙重生着我们的生命，

天上的中轴线离我们，

很近很近。

相会月宫

一

不是十五不是中秋，蓝色的充溢在流动。

云已流散，星已隐去。

霓虹的街光扭动起舞。

白天找不见星星，

夜晚觅不到太阳。

顷刻正饕餮，须臾为盛宴。

一坨一牙一链，刀叉分割，

鲜亮的美酒从天倾泻。

航天员为再生的仙女，

设计师插上云巅的翅膀。

二

婚礼尚未举行，蜜月也难寄旅。

昨日的传书今已失约，

晨风的霜天现已凝结。

她的圆脸在笑，她的酥胸袒露。

浓妆涂抹在了腮腺，珠玉在耳廓垂落。

望不见的沧桑，一缕纱巾飘玉去。

何以羞涩？怎又遮面？琵琶清曲肃籁至。

她藏在了树后，她躲在了廊下，她风情万种，

她摇曳出垂日的青丝。

她被追逐，她被流放，她写下了七连星九连珠的情书。

欢情，绝恋，她让天下男女不思饮食。

三

春夏秋冬的容颜渗在瞬间，

腊月里风寒中的吹拂。

新蛾弯眉，上下弦音，盈凸满仓，残新交织，

波起云涌时划过了四季。

红黄蓝绿的母体，膨丰地滚动，

幻化成变脸的舞台。

黛玉葬花，小桥流水，贵妃醉酒，公车上书。

怀素狂草在夜的屏风上，

一撇一捺一条河。

鹊桥的尽头有一片田，天蚕闪烁，绸布蔽日。

中继星告知着你我，

探测器交汇着地月星的轨迹。

认识了你认识了我，

认识一个轮回的世界。

月亮的背后，

传说的面纱将被揭去。

婵娟的侧影，

勾画出新的容颜

女神就是你；女神就是我。

望舒·鹊桥

一

越过伏牛山的山峦，
穿上宇宙飞船的鞋靴，
去寻找我的恋人。
思念的痛苦星宿垂泪，
分离的折磨月箭穿心。
我不是牛郎，
却赶着集束的牛群在奔腾。
我不是织女，
却在织着卫星的太阳翻版。
一缕折光，
折现出了天狼星的呼叫。
一个三角形的日月星辰辐射，
传递着人的躯体。
一座中转的驿站，
沿着鹊桥的天梯绕月飞行。
脉冲的军队，中继的网络，
让数学家爱尔兰的梦想成真。

二

陌生的你，陌生的我，
陌生的利莫里亚世界。
怎去寻找，怎能找到？
火星男孩波力斯卡讲述着一个荒诞的故事。
望舒的战车拖曳着曲线的月轨，
月轨的车轮奔向雅典娜的殿堂。
六万五千公里拉格朗日 L2 点的 Halo 使命轨道，
敲开了广寒宫的耳门，
叩动了玉桂的北窗。
桂枝探向海底，
海底的城邦住着凡尔纳的家族，
海底的珊瑚礁藏着尼摩的鹦鹉螺号。
那个沉入大洋深处的纽约，
那个坠进直布罗陀海峡的那不勒斯，
已让海鸥的翅膀托出了海平线。
海鸥与喜鹊欢飞在一起，
海鸥在鹊桥上奔向太阳。

三

地球的专制是这样的长久，
地球束缚是如此的漫漫。
教堂的顶端衔接着日月，

佛寺的香火超度着魂灵。

织女在煎熬中等待，

苦恋的牛郎望穿双眼。

一二三级的火箭是鹊桥相会的引线，

这伟大的浪漫在中继星的传递中展开。

我认识了你，你认识了我，

陌生已成相识，隔绝已蜕变朋友。

织女已生子，织女已诞生无数个繁星，

看着电视节目的牛郎喜上眉梢，

牛郎织女在银河边建立了新的家园。

世界变小了，宇宙浓缩了，

尼格罗土著人在方寸间认识了梅西。

嫦娥我热恋上了你，我要把你拥抱在怀，

我要亲吻你的面庞，我要抚摸你的玉体。

探月三期飞行将实现我的梦想，

织女沿鹊桥送来了新婚绣锦的棉被，

望舒将拖载着我们去蜜月旅行。

闪烁的鹊桥

一

鹊桥的尽头是嫦娥的背影，

鹊桥的终点要揭去婵娟的面纱，

鹊桥上滚动着中继卫星，

暗语里传递着日月星辰的约会。

织女织出的绸布已成太阳光板，

牛郎的牛群成集成电路。

脉冲星携带着天蚕闪烁天边，

牛角的小船追扯着小仙女的裙摆。

我是一号航天员，

我是二号设计师。

我奔跑在月亮的周期上，

我疾驰在地球的公转轨上。

二

织女羞涩的面庞上霞光四射，

牛郎憨厚的表情露出云霓的微笑。

欢飞的喜鹊成群结队而来，

丙运载火箭落满了飘飞的婚纱。

长征一号，

长征二号，

长征四号的路途遥远而又漫长。

月宫的后门紧闭着，

玉兔的殿堂严锁着，

通向广寒宫的雪山草地荆棘遍布。

燃烧的三级火箭对准凡尔纳描绘的环形山，

探月的三期工程已将神话变为现实。

三

这是一种鸟，

这是一喜神。

她们叫欧亚喜鹊，

她们称脊索动物门，

她们的门连着天堂的通道，

她们的门开启着四面八方的星路。

织女在鹊桥上折断了王母娘娘的金钗，

银河上已架起飞天的港珠澳大桥，

喜鹊已不再悲鸣，

喜鹊的欢歌让又一条东海大动脉贯通。

天庭的审判小仙女胜诉，

天庭的裁决牛郎成堂堂正正的驸马，

天地的判官让鹊桥成永久的万家灯火。

嫦娥笑了

我的同学叫刘洋

我的同事也叫刘洋

我同学的同学

我同事的同事中

也有诸多个刘洋

这是一个普通的名字

这是一个诞生于我们这个时代的女性姓名

她来了

沉重的宇航服托载着她娇小的身躯

她坐进了燃烧的火箭之上

她在倒计时的分秒里恬静地渴望着宇宙

她在读飞行手册

她在拨着自己的生物钟

她将身轻如燕地向上飘去

飘过蓝天白云

飘过太阳星辰

她飞越了她姓氏中的大洋

在月亮和哥白尼的弧线中舞起了嫦娥的飘带

孤寂的嫦娥笑了

飞翔的刘洋也笑了

我同名同姓的刘洋也笑了

还有那众多的我和众多的她都笑了

他们同刘洋一起

目睹到了嫦娥的月脸

那灿烂的笑容

飞天壁画中的她

她脱胎于飞天壁画，

她环着绸带飘在霓霞间，

她穿过层立的云柱，

她在九霄的石林中呼唤着阿诗玛。

她的美貌让维纳斯与嫦娥嫉妒，

她飘浮在水晶球中讲述着人何以能飞，

她在织就着凌日彩衣。

她在闪光光谱中凸现杜鹃座的美丽，

她的反弹琵琶拨动给了孔雀星。

太空的丝路花雨拉开帷幕，

石窟中的壁画绘在了宝瓶宫里，

她成了乡村女教师。

她在船舱里举桨划雨，

从色球层到脉冲星，

她的船飞出了九游宫。

她向学生们自报家门：

我叫王亚平。

今天我要登月

嫦娥偷仙丹上去了，

成了孤家寡女。

吴刚犯天条判苦役当伐木工没完没了。

阿姆斯特朗上去了，

留下脚印风吹散。

奥尔德林降落至，

月色送人归。

众目仰望天际，

月球车逐轨盘旋，

车落月尘起，

刮起环形山风阵阵。

今日天宫射大雕，

欲连接月轨创建人道。

人道通天衢，

开辟新边疆。

那孤独的月亮，

那悲情的广寒宫，

嫦娥你同吴刚私奔吧。

玉帝的天条撕它个稀巴烂，

天庭的禁忌穿破它千疮百孔。
你们要繁育生子，
你们要辟街开市，
你们要让玉兔撒欢乱跑，
你们要把宝镜鉴照人间男女。
女儿梳妆，
男儿开天跨过一方方星座，
这孤独的月亮，
这热闹的月亮，
冰壶沸腾，
蟾宫蛙鸣，
一千对婵娟，
一万双方晖与姮娥，
都去相爱吧，
都去生子吧，
生出无数个小月亮，
剖腹至星云飞散新人类来临。
金波荡漾黑洞穿越，
金河银河搅起千重浪，
今天我要飞天，
今天我要登月。

催醒天国的沉寂

群星在溅落，

群星在飞舞，

那是飞船的双桨搅起的波浪。

星幕在变蓝，

星辰在蒸腾，

那是穿越亿万光年的眼睛，

那是找回历史足迹的拓片。

恐龙是这样消失的，

恐龙的生命已在这星宿上找到。

一个轻飘的飞舞，

一束嫦娥飘带的展开，

寰宇之音唱响了生命之歌。

我饮了吴刚之酒，

我抛撒了桂花花瓣，

我因而成了失重的醉仙，

我因而拥抱了盘古之神。

太阳的彩带系在我的腰上，

太阳的巨轮沿着我腰际的轨道在运行。

阿波罗伸开了双臂，

和平号展开了胸怀，

我们在宇宙之光的迸射中，

我们在夸父逐日的奔行中。

宙斯我们来了，

玉皇我们来参拜了，

织女我们为你搭上了鹊桥。

牛郎你忘情地拥抱吧，

我轻轻抚摸你的容颜。

我们为你飞流出了另一条银河。

我的名字叫神七，

我的名字叫神六，

我的子孙将叫神八与神四十八。

我们要在这里高屋建瓴，

我们要在这宴请宾朋。

在清风白月中，

我们吟李白《将进酒》。

在月和日冲中，

我们奏响《春江花月夜》。

我们邀请八方仙客，

我们诚召九州共工，

我们在震动的灾变中唤醒精卫的力量，

我们在破碎的山河里挥起了羲和的长鞭。

在那昼夜旋转的经纬度上，

我们丈量出了彩虹飞舞的尺度。

在那黄道与地平圈的交角里，

我们穿越了天帝的宫庭。
我们的火炬传递到了这里，
我们的国旗插到了天岸，
我们要催醒天国的沉寂！

西昌的音响

我认不出那么多花，

我只见它们和美女纠缠在一起。

我辨不清那逶迤的山，

我仅在水中呼吸着它的气息。

我登上城墙，

我走进古街，

琳琅满目，

尽收眼底。

城影沉璧，

路道交错，

红玉府的鸡血观音；

亭阁旁的醉山睡水。

云在徜徉，

鸟在倦飞，

高科技从展览馆里四射而出。

我碰到了一堵高墙，

我寻上了一条巨龙，

火焰从巨龙脚下燃起，

火焰凝成一星团隐入天际。

我在燃烧中蜕蛹成蝶，

我将和这山水拔地穿云破雾而去。

含章天挺起

火焰消失了。

第二级第三级的助推，

月轨的脱落，

星迹的偏离。

西昌我仰目过你的白云，

文昌我跃上过你的海天。

三十分钟的准备，

正常的分分秒秒跳进异样的警报。

这爆炸的瞬间，

科罗廖夫经历过。

这三十秒的折戟，

阿波罗一号曾承受。

挑战者号魂飞寰宇，

哥伦比亚舱载七烈士。

从邦达连科到金星号的殉难，

先辈的探空，

先人的捐躯。

那悲壮的牺牲，

那触摸天穹的失手，

空气凝固了，

烟雨弯曲了，

骄子的航天员，

低下那傲视的头颅，

头盔下罩着无助的眼神。

人是渺小的，

人应去敬畏上苍；

月球还是要去，

火星仍将登上。

木卫二，

金星四，

要穿越而过。

那奔流的云海，

是长征的雪山。

那散落的星辰，

是跋涉的草滩。

翻越过去，

穿插上来，

冰箭要破冰起航，

深空要刺破擎起。

幽邃的大脑灵动出窍，

剥茧的巧手滑向毫厘，

火焰要再次燃闪，

剑魂要擦亮出鞘。

前车之鉴，

前赴后继，

宇宙的客厅将开启迎春的香槟。

白骨上的飞翔

一

我们埋入泥土中，

会腐烂会生蛆会发臭，

会风化成一堆白骨。

我们渴望生，我们渴望活，

我们想长生不老，

我欲要呼吸过两个世纪。

枪弹炮火声，刀枪擂战鼓，

原子裂变的闪光，蘑菇云盛开在天空。

千百万士兵的军团，血腥地拼杀，

累累的白骨搭起了帐篷。

地狱之门被叩响，无数的冤灵奔走呼号，

一纸纸诉状，一页页血泪，

凝成了血海深仇。

我们在烈焰中被焚毁，

我们销魂成灰烬，我们化为一缕轻烟。

冰封的雪山，圆圆的月亮，

我们的鬼魂大军把地壳敲得咚咚作响。

赵钱孙李，周吴郑王，

史密斯三四郎托尔斯泰。

红黄蓝绿，紫青赭黑，

黑头发棕皮肤，高鼻梁黄眼睛。

我戴上头盔，我穿紧铠甲，

我成了英雄，我成了暴君，

我率领着千军万马驰骋在沙场。

二

生我的女人相爱相恋，

我在她的子宫中谛听着窗外的呼吸。

我被抚摸着，我吮吸着甘甜的乳液，

我从此种下了爱的基因，我有了美的冲动。

划过一道时空，跨越人伦的河流，

女娲兄妹造人，伏羲书写无字天书。

在山野里，转河道处，

我被强暴在草垛旁。

我被强行孕育，我生了孽种，

原始的冲动将诗情画意变成张牙舞爪。

我出生了，我成长着，

我在战火中历练成了杀人不眨眼的刽子手。

我会刀斩，我是神枪手，我以一当十，

我是战神，我为战将，

我是双枪老太婆，我为神勇李向阳。

我包围了一个团，我歼灭了一个军，

我所向披靡，我直捣黄龙。

关公的偃月刀在我手里，赵子龙的长枪擎在我掌间，

弯刀切开了月亮，长枪卷起了火箭。

人被火箭炸上天，烈焰把星辰燃烧成了木炭，

我被运载过了大气层，我给推进到阿波罗身边。

火箭基座下匍匐着我们的白骨，

发动机驱动魂灵拥挤上天堂。

我在欢笑，我在悲歌，

我们的骷髅已贴上彩虹般的容颜。

三

我成了饿鬼，我是这片土壤上的苦役犯，

野菜草籽，食不果腹，

求生求活，我去争抢着猪食。

气短气虚，我无力地躺在阳光下，

肚涨便秘，我在浮肿间存了一丝生气。

我看见遥远的发射塔，

它举起双手向苍天呼唤着，

我的眼睛就睁在那天空里。

我的白骨紧嵌在泥土中，

亿万年前的化石与我做伴，

三叶虫恐龙蛋箭齿犀，

我奔跑在侏罗纪的林间。

我在呼号着，我成了百兽之王。

我的锁骨搭起了火箭的支架，

我的肱骨举起了发射的体液。

胫骨与股骨矗立在日月间。

我胸中奔腾着太阳之火，

我再生的血液流淌着喷汽的涌动。

我的骨骼去参加太空联欢会，

天堂的圣殿缤纷炫烂，彩绸飞舞。

彩绸旋起陨石带俊彩飞驰，

彩绸系在土星的腰上抖动着呼拉圈，

我是圈中人，我速滑在圆周的半径上。

四

东风吹过，

酒泉的发射塔是新生的纪念碑，

陵园里的白骨环伺着擎天的挺拔。

海洋博动着月球的心脏，

贝壳映射着太阳系的方舟，

白骨的脚手架搭起天国的城郭。

算盘的筹杠撑起天穹的穹顶，

一下五去四一去九进一，

算珠拨动出嫦娥飞天的轨迹，

算档把群星插成了糖葫芦。

巴特农神庙林立的石柱，圆明园兽首的哀鸣，兽首奔到天庭，神庙建起星座的卫城。

我给白骨穿上血肉，我将化石剖出生灵，

这里也要建起一座纪念碑，

这里也要留下一段墓志铭。

马里亚纳海沟沉着珠穆朗玛峰，

赤道引力交叉过地球的隧道。

我穿梭在那贯通的时空中，

我是大西洋底来的人，

我把飞盘掷到奥尔特星云中。

我的白骨已插上了翅膀，

我的凡世已把红尘揭去。

我叛逆，我反物质，

我的生产资料已分解在光速中。

幻影战机，隐身战场，

暗物质里出窍的灵魂从诺曼底登陆。

我的白骨托举着旋转的星球，

我在白骨之上自由地飞翔。

血色月亮

戌年前奏，戌时方夜，

始将天庭的祭品分吃。

环形的豆沙、五仁的斑迹，

还有涂抹在北极的枣泥，

玉兔已成盘中餐。

冷冽的夜风，月亮从手指尖升起，

浅蓝色的蜕变出壳，

血红色的欲滴，黄白颜的半遮。

篦子慢慢在刮动着脸，

头巾缓缓给揭开面。

这是婚轿在云水间颠簸吗？

新娘的盖头姹紫嫣红，新郎的脸庞酽酒醺然。

他们进入了洞房，他们欢会在暗夜。

微明的一角，云鬓斜插，

汗津的雨暮，水涨船高。

爱意浓浓，醉眼蒙眬，

出阁的欢喜除却紧身的衣裳。

草间润濡着津露，树村孕育着枝叶。

湖水渐显微明，涟漪将月脸洗净，

古人的诗，今人的梦。

吟诵者已痴狂，

弹竹人欲上云巅。

龙，庞，豺舅，地羊，黄耳，韩卢和藏獒，

今宵你主太岁，今朝你是福德正神。

今夜的晚宴你是上宾。

请吃掉月亮吧，请吞进太阳吧。

你的背后藏着神秘的公主，

你的宫殿行走着宫女少帅，

万众的情书，骚人的梦境，

已搭上攀登你闺房的天梯。

晨昏乾坤，流年子戊戌亥，

迸射过去，喷溅上下。

红月亮，血月亮。

私奔的月亮

一

勇武的后羿，无敌的弓箭手。
暴戾的国王，苛政肆虐的君主。
他夺去了天，他射落了日，
他将美貌的河伯之妻占为己有，
他将名媒正娶的姮娥冷落在门庭。
汉文帝仰视着她，
刘恒君赐以她新的月桂。
月色在她的起舞中银光水泻，
帝喾包办她的婚姻，
大羿将她关在女婢的卧房，
太阴的弯道通向她离家的幽处。

二

伐木的吴刚让她同情，
玉帝的桂树垒起欢情的广寒宫。
她飞走了，

月亮的传说由此连绵不断。
她飘过窗口，
裙带在夜风中摇曳出纷繁的人世。
她成了宝黛悲剧的映照，
她见证了娜拉出走的风情。
婚姻的枷锁在她的照耀下挣脱开，
饮食男女有了她诗意的诉求。

三

望舒的车轮载着她在飞奔，
她的玉手捻下秋海棠、玉簪花，
蟾宫房月饼拓出她思念的虐恋。
她从星月间出轨，
她逃婚到天涯海角。
映天的圆镜，半遮的凤眸，
眼睛溢出海水的泪，
山峦衬出松林的睫毛。
她的羞色透进窗帘，
她的寸光旋转在屋顶。
她在流浪，她在私奔，
月亮融在她的玉体里，
爱情流淌在她的皎洁中。

穿越太阳

一

这庄严的瀚宇，

这天圣家族的中心。

万物的主宰，众生的判官，

诸神臣服在脚下，传说连绵在羽衣中，

每一束折光旋转出了群星的朝拜，

每一片亮色搅动起顶礼跪求，

自大狂燃烧在其中，

独尊的酋长套上神农氏的面具。

氢氦的分子喷吐出灼伤的毒焰，

四十五点七亿年孕育出了天边的首领。

玛雅人用太阳石砌起圣殿，

光明的神庙矗立在五湖四海。

二

帝俊的悍妻建立了羲和国，

福玻斯将紫外线的诗画涂抹在天庭。

诗人在颂歌，禾女在欢舞。

太阳能光板吸收着热能，

杂交水稻沐浴着增产的普照，

海水里蒸腾出波涌的层叠。

巨人的脚步在头顶踏响，

凌驾的坐轿从山巅抬过。

我们离不开它，我们渴求着它的恩赐。

罗盘的导航，方位的辨识，

爱情的分秒，生命的轮回。

胜利在凯歌声中从东方升起。

三

它能吞噬掉地球，它可焚毁尽人类，

潮汐的引力将江河煮沸成流淌的泥石流。

它的外层在膨胀，它在释放复仇的能量。

几百万公里的日冕刮起燃烧的太阳风，

色球层透视着熔岩的海洋，

经纬刻度上射出猎户的火焰。

火星的落日在奥林帕斯的火山侧，

地穴里的外星人要破土而出。

云遮住了它，雨屏蔽了它，

树枝屋檐将它的辐射切断。

我要换一方天，我欲改一片地，

我奔跑在大雪纷飞的黑夜中。

四

八月的日食在狮子座的怒吼中，
木曜周乙酉浮现在闪电旁。
阿波罗扭动着赫利俄斯的手臂，
阿波罗已登上太阳粒子吹下的月球。
尤金·帕克撑起焚天的遮阳伞，
一千三百七十摄氏度的烈焰成哪吒的风火轮，
美猴王从烈焰中闪出照耀的火眼金睛。
穿越过那翻江倒海的磁场禁地，
阿基米德螺旋旋起了小步舞曲。
穿越那统治星系核聚的天体，
银河泛波出零星的夜明珠，
上帝的骰子掷向彼岸。

五

穿破那流行肆虐的黑子病，
迷航的电离层、扰乱的生物钟，
扩张的野心、氦闪的耀斑，
当代的后羿射落骄阳的蛮横。
疯狂的探测器在赤乌的风暴中穿行，
金星的引力撞击出速度的倍数。
触摸着你容颜，撕去你的面纱，
你耀眼的刺青已被钻石的水晶遮住，

你沸涌的堤坝围聚着消夜的天鹅湖。

人来了，人将漫步在天鹅湖畔。

人来了，人的智慧把太阳的光束扭动。

人将奏响宇宙的强音，

人欲拨动太阳的时光。

咏霍金诗三首

活着的霍金

他手握着时间，让它穿越过黑洞。

他把宇宙拿在手里如剥果壳。

他在量子场里纠缠不休，

他的强烈辐射穿透广义相对论的立交桥。

他是大爆炸的产儿，

他成地裂天崩的引线。

弯曲的时空　迷航的星际，

他讲着一个个恐怖的故事。

怎样钻出那"灰洞"，

如何与外星人相亲。

他歪着脑袋　他斜躺在轮椅上，

他凡世的生命早已消散，

他的骨肉已铸进哈里·波特的灵魂。

他乘着马斯克的星际快车去密约爱因斯坦；

他们都七十六岁相会于黑洞的窗前。

惊讶，困惑，巧合，冥王星的时钟。

他去敲开剑桥校友牛顿的门；

他问张衡电磁一号性能如何？
他的轮椅已成飞碟腾空而去，
他的躯体装进了太阳系。
天狼星、室女座环绕旋流，
他运动健将的生命奔跑在银河大街上。
他叫霍金，
他是霍尔斯特《行星组曲》的乐队指挥，
他在四度空间中奏响着宇宙交响乐。
活着就有希望！
他在太空上庄严宣告。

霍金诞生

我们都被时间煎熬着，
那圆周率　那长方形，
将我们的人生框在数字间。
年幼时，我渴望将那阿拉伯的字母串成珍珠，
环绕在脖颈上。
我想那塔罗牌上国王与女妖，
都会加速显影。
我贪恋婚床的欢娱，
我触摸秀女的皮肤，
我可在烟酒中放胆前行。
年长时，
我想把钟表拨慢，

我欲把算数重组。

因式分解与几何图形

怎聚焦出了太阳系的位置。

那个哥白尼，

那个伽利略，

游逛在教堂，

怎看着尖顶冥想出日月的轨迹？

减去十岁，

我将去看看地球之外的空间。

磨掉二十年，

我重归母亲的怀抱。

我会去登月，

我要发动一场战争，

去进行星球大战。

爱因斯坦真吝啬，

怎会让他的继任者成了一个瘫子？

他的骨血已被暗物质异化，

他的大脑成一台机器。

四维空间中，

夸克中的强子对撞出了宇宙的力量。

会拉小提琴的长毛神扯断音弦的那刻，

奏响了另一个生命的音符。

我怀疑他是人类，

我断定他为星际过客。

七十六载的旋转，

定格在了同一空间。
两个灵魂合为一体，
托勒密的星座，
过滤出了经纬度上的网络。
霍金在这天诞生，
霍金在这刻出世。
他回归到了宇宙，
他在听爱因斯坦安魂曲。
他会穿梭在星际间。

霍金预言

不，我不相信你的预言
尽管我深深景仰着你。
一百年只是你和我的起步，
一百年的引力牵动着另一条高铁。
我们要通向两个世纪的终点。
不，我不相信你的预言，
我将同机器人和平共处，
人工智能会移入我的大脑，
让我开创出五维空间。
不，我不相信你的预言，
寒冷的冬季仍在地球上飘荡，
环球凛暖循环往返如故。
我生活在这里，

我梦幻在此地。

从科罗拉多大峡谷到喜马拉雅山脉，

沿长江水道至塔斯曼海大陆架，

跃月色下的领空　日落时的星辰。

我殖民不到火星，

我迁徙不了广寒宫。

我爱我的家园，

我惜我的地球。

假如它成了火球，

我愿被它焚烧净尽。

怕什么死亡　惧什么离世？

这贪婪的物种　这血腥的年轮，

毁灭就毁灭吧！

新的星座新的繁衍必将诞生！

飞行的雪茄

一

它，相亲窗口叫陌陌，

它，滑动眼睛称探探。

相识相见，携手拥抱，

走进婚姻的殿堂。

你的血是 B 型，你的佳配为 O 型，

我是天蝎座，你游动过来双鱼。

血融合到了一起，生命由此诞生。

我的星座在天空闪烁，

坐标的曲线焊接出了爬行的形态。

我在太阳系里旋转着，

弹指起燃烧的雪茄。

光帆的飞行器在穿行，

宇宙的潜航舰续航而来。

冰山，陨石，

鱼在星光间游弋。

亿万年的射线打造出了它的躯体，

织女弹奏着天琴传递来《雨打芭蕉》。

奥陌陌蜜月旅行到此，哈勃让痴恋的眼神飘去，

激动的泪水溢出了月牙的眼眶。

二

我是丘吉尔的阴魂，

我将雪茄抛到了空中。

我发表了星球大战的战时演说，

我们将在土星层风暴里战斗；

我们将在木卫二的海洋上战斗；

我们将在火星的奥林帕斯山冈上战斗；

我们将在海王星的磁层间战斗；

我们要不屈不挠地在太阳系的引力中战斗。

奥陌陌是我导航的飞艇，

奥陌陌是我智慧的战神。

我是喷吐出宇航员的黏合体，

地球的轨道已连接到了星光大道。

阿纳金突进到银河帝国中，

克隆人组成的鬼魂大军麇集而来，

西斯的复仇，帝国的反击，

我在奔逃中穿越了原力的封锁线。

我来到哈里·波特的课桌上，

在巫师的面孔下我让天狼星吸上了雪茄。

雪茄喷吐出了土星的环带，

奥陌陌插向了太阳家族的心脏。

三

哥伦布叼在嘴里发现新大陆，
泰戈尔把诗句燃烧里面。
吞云吐雾中群星散落，
香气四溢里日月交汇。
人生是一个狭长体，
成长是一个椭圆形。
金梭鱼水中穿梭，
歼击机长天滑过，
飞行列车如出膛子弹，
鱼雷号劈波斩浪。
号角吹响，凯歌奏起，
助推的火箭直插云天。
烟草的制品，古巴的品种，
加勒比海沟跃出了翻滚的鲸鱼，
鲸鱼跃上了太空，鲸鱼越过了剑鱼座。
雪茄成星际物质，雪茄探测着地球。
云烟中产生了幻想，
孤独中寄托了依恋。
奥陌陌，飞行的雪茄。
奥陌陌，飞行的人类。

喂，你好

一

我的头颅镶嵌在宇宙，
我的灵魂流浪至光影。
历史成一粒微尘，
侏罗纪只是一脚印。
穿过太阳系，越过天鹅座，
酒神代的醉仙漫天翩跹。
十五亿光年的阑珊，
电磁波传来惊恐的呼喊。
我在爆发的射线里缤纷炫舞，
伽马刀将我切割，
我被传递到群星的宿河。
有先哲告诫，有智者警示，
密电码不能破译，
摩斯波段不可调频。
我迫不及待，我星驰电掣，
我把闪烁的纠缠拴住躯体。
我的心已成一彗星，

我的眼睛导航着光帆飞船。

那里是上帝的居所，

那里有超人在飞翔。

遥远霎时咫尺，

漫长转瞬短暂。

二

世界充满氢气飘到空中，

气球是繁星，气球是银河。

红黄蓝绿的乳胶聚集在一起，

拖曳着人类的呼吸向引力场奔去。

气球爆炸成碎片，电磁波在回响。

那声音穿过诞生与毁灭的屏障，

那擎天可串起十五亿倍数的地球。

黑洞的尽头射进光明，

纷繁的元素在气壳里膨胀。

我跃进超速度的真空，

光年被抛在身后，

时间在太阳冕里煮沸。

滚动的天体组成星际快车，

磁悬的旋涡刮起龙卷风暴。

我来到你的殿堂前，

我敲响了太空之门。

仙王的间谍在发报，

宝瓶里的特工绘制星相图。
天边的防线被攻破，
海角的葫芦闯进了新视野。
我投进你的怀抱，
我点燃新生的礼炮。

三

你好，地球。
我不是恶魔，
我没想吞噬掉人类。
霍金现是我们的首领，
伽利略为星际大使。
我们的电波传去哥白尼的问候，
我们的帆船送达双子的花季，
回归年的祖冲之迈进恒星系，
布鲁诺在烈焰中涅槃。
我想拥抱你们，
地球的圆周已扩展到柯伊伯带，
脱开引力的性灵把光速踩在脚下。
我奔向你们，
我的空间站盛满浓浓的深情。
你们的图像已显影在太阳的背面，
你们的声音唤醒了我们的沉睡。
我是你们的远亲，我为你们的近邻，

我在你们的思想里，
我是你们的哲学命题，
我有你们的传说。
你好，是你们的话语，
你好，是我们的祝酒！

掀起嫦娥的盖头来

一

方块的幕墙推开太空之窗，

玉兔蹦跳着迎来她的公主。

公主在中继星的鹊桥上飘然而至，

羞花闭月转过姝美的容颜。

嫦娥号专列快轨上飞奔。

快轨越过莱布尼茨山峰，

快轨沿鹊桥穿行波涛起伏的海，

雨海、湿海、云海，

亿万年分离的今要重续姻缘，

地心引力唤醒纯真的爱情。

艾特肯盆地播下生命的火种，

火种里要煲土豆烧牛肉，

盆地中要建天府之国。

望穿了双眼，

期盼了万年。

我是李贺坐地日行的子孙，

我为巡天遥看的悟空。

我在暗夜中降落进龙宫。

婵娟揭去盖头，

玉盘显出紫珠。

二

千年的神话在庭院中走来，

万载的暗夜从深空里揭开。

太阴间酝酿出屠苏酒，

媚娘传递来新年贺卡。

今夜的爱情充溢在广寒宫，

今宵的蜜意在秋湖边荡漾。

你是西河的吴刚，

你已被解除了伐木的苦役。

群山海上明镜悬空，明镜照透天涯海角，

反耀从日光里喷射月桥。

我的心在盈亏圆缺中奔跳，

我的情因嫦娥的哀乐波涌翻卷。

绕月的导轨牵动着我苦恋的追梦。

我爱你，嫦娥，

我想同你一起私奔，

我想约你携手飘去。

阿波罗已打前站，

混血的阿尔忒弥斯接生了我，

辉夜姬让我去跨国之恋。

三

我是人类的创造，
我是日月的组合体。
阴阳让我朝夕相处，
相恋在拜月亭间。
拜月亭已腾空跃上环形山，
静夜思在庭台楼阁前畅想无边。
我炽烈拖曳着燃烧的火焰，
我的爱系在繁星之中。
嫦娥从繁星中飘来，
嫦娥抛下了檀香丝扇。
丝扇摇来轻风，
月面吹起鸽哨。
东经一百七十七点六度、南纬四十五点五度，
我降落在陶渊明的田园。
窗帘让我揭开，竹楼浮出月色，
同位素放射出原子质变。
你迎着我，我痴恋着你，
我在传说中游历天穹。
我滑行至你神秘的背影里，
我漫步在宁静海的和谐湾堤。

升起来了

一

升起来了，
新月升起来了，
圆月升起来了。
中秋升起来了，十五升起来了；
花雨缤纷，羽衣垂天，
升起来，升起来了。
姊妹来了，兄弟来了，
潮汐的引力，海市的蜃楼，
阴阳五行的交错，春夏秋冬的迭替，
一并悬挂上了天穹。

二

我已登月，我已上天，
我点燃了另一盏明灯，
我划破了另一层黑暗。
那奇异的环形山，那隐约的珍珠泪，

垂挂在我的眼睑，让我涌起攀登的欢乐。
这是真实的梦境，这是真实的神话，
诗句变得那么苍白，语言枯燥乏味。
月宫的歌舞今在人间奏响，
月桂的芬芳今四溢在爱情的故乡。

三

过去，久远，历史，
人间，人事，沧桑。
大海的涛声回响在彼岸，
群山蜿蜒在朦胧中。
地球的守望者迎来了换岗的哨兵，
嫦娥的情敌奔向了另一处驿站。
天地的错位把落日捧上了星空，
无明的暗夜镶上了耀眼的金边。
所有的诗意如天女散花，
普世的仰望尽情在欢歌。

咏天水

一

这里的天太高，

这里的神太多。

这里是人类的起始，

这里是华夏的源头。

这里的诗人承载着历史的重负，

这里的云天有真龙飞腾。

我登上了一座山，

山上藏着浓烈的诗情。

我骑上了一匹马，

马驰骋在广袤的草原上，

草原飞上了天空，

草原上奔跑着成吉思汗的大军。

我踅进一个村庄，

这村庄有我的姓氏，

这村庄有我的黑爷。

我看见了雷公，我听见了雷鸣。

我认识了一群人，

他们激情奔放，他们热情似海。
他们把天水的水融在我身边，
他们将杜甫的诗缀在我体侧，
他们用李白的飘带牵我到了天上。
我是一孤星，我是一漂萍，
我有了众多的兄弟，我结识了靓丽的姐妹。

二

天水的清流交汇到了我的躯体中，
我的躯体成了一个宇宙，
我肌肤成了一片繁殖场。
我繁殖出了满天的星斗，
我繁殖出了垂落的日月。
我想呼喊，我想高歌，
我呼喊着伏羲的大典，
我高歌着铁木真的灵魂。
我想听清水小曲，我想唱清水山歌。
卦台山上的神机妙算算出了我前程似锦，
麦积山的石窟拉我进了白居易的龙门。
这里是诗的故乡，这里有骚客的足迹。
云游四方，漂泊蓬莱仙境，
大海在咆哮，山峰在抖动。
亭台楼阁，竹林七贤，建安风骨，
在这山川上，在这河流中，

有你有我也有他。

他生活在赵家祠堂中，

她穿行在赵氏甬堂间。

他找到了宗祖，她有了归属。

赵钱孙李，周吴郑王，

一条大河波浪宽。

三

女娲在补天，女娲在梳妆，

女娲的长发飘成了银河，

女娲的天水明眸成了日月之梭，

日月织出了彩虹，彩虹织出了祥云，

祥云挂在南郭寺顶，祥云画出了太极图像。

我是女娲的相公，我是女娲的郎君，

我的子子孙孙遍布大江南北，

我的千秋万代世世流芳。

女娲携我穿越天穹的穹顶，

我登月上了嫦娥四号，

我奔向了火星的宫殿。

轩辕氏服东夷、九黎族，

天籁之音漫天奏响；上下求索拉满生命之弓。

生命的群箭射向了长江，射向了黄河，

射向了群山之巅，射向了中原古道。

我在箭靶中成了骑士，

我率领着千军万马奔向了天水彼岸。

天水是银河的支流，

天水倾泻在喀喇昆仑山的源头，

天水奔涌出印度洋与太平洋，

天水流淌在我的心中。

永生的纪念碑

题记：迄今为止，已有二十一名宇航员魂系太空，他们当中有的遗体已飘移在茫茫的宇宙中。

一

我真羡慕你们，

你们的灵魂竟飞出了太阳系。

我真嫉妒你们，

你们的骨灰竟埋葬在了月球。

你们奔向了一个星球，

你去统治一个性灵的世界。

世俗的死亡，

帝王的墓穴，

他们的纪念碑怎能高过你的光速。

悲鸣的哀愁，

娇嗔的哭泣，

已在你挥洒的翱翔中消散。

隆重的葬礼，

追悼的仪式，

怎可比肩你们群星中漫步。

君王的手杖，

颐指的教皇，

芸芸的众生，

必向你仰望，

必远眺你的身影。

二

太空倾斜，

氧气阀脱落，

你们被挤压到了大气层外。

黑洞将你们吸进另一个世界，

地球的伙伴给你们铺上了红地毯，

宇航服中躯体降落到宫殿的台阶上。

脉冲星环绕着你们的墓碑，

你们的骨灰在玄武岩中化为新生。

凄惨遥远的死亡是多么地壮丽啊！

在地球轨道上，

在日月交汇点上，

你们在飘移，

你们在循环。

血液从射线中重新注入，

肌肤在暗物质里代谢生长。

我的棺木，

我的骷髅，

我的筋骨，

多想变成你们的滑行，

多想成为你们的飞船。

三

你们是真实的神话，

火焰燃烧出了传说。

闪亮的天狼让嚎叫声音传来，

奔袭的天龙舞出浩繁的传承。

我的云梯要搭上人马的鞍载，

我要和你一起奔行，

我愿同你一道巡遊。

我的探测器上有你的足迹，

我的观测站看到了你的容颜。

我没有死，

我和你们一同垂睨着人类。

披上你们的隐身衣，

飘浮上你们的潜航舰，

越过火星的山脉，

穿过木卫二的海洋。

我快乐地活着，

我自由地往返。

我的葬礼布满了鲜花，

我的坟茔已成灵魂的乐园，
我脱开地球欢欣鼓舞，
我将永生，我是永远。

阿姆斯特朗的足迹

——为人类登月 50 年而作

一

那是一个宇航靴的拓片，

那是人类文明史的一个凝聚。

那足迹是诺亚方舟的泊位，

那鞋印交错着地球的经纬度。

阿波罗的火种点燃了月球的黑暗，

遥远的神话突现在了眼前。

指令长的口音从耳边传来，

声波已击穿了天庭的穹顶。

你们降落！

降落进群星的期盼中，

降落进亿万双的瞳孔反射里。

降落至传说与飞天的壁画端，

降落在万年的哭泣与泪骨间。

阿姆斯特朗是荷兰人吗？他出生在阿姆斯特丹？

不，他是一世界公民。

这个俄亥俄州的牛仔，这个试航喷气飞机的毛头小子，

现承载着哲学与历史的重负，眼下将迈出圆周率的循环。

踏进阿拉斯加雪域，迈入江南水乡，奔跑在高加索草原，

古埃及法老的足迹，兵马俑破土出的踩踏，

兵马俑奔向四野，秦皇军队的步履遍布青山沃土。

阿姆斯特朗是其中的一员吗？

阿姆斯特朗是埃及艳后麾下的一战将，

阿姆斯特朗随秦始皇去扫灭六国，

阿姆斯特朗来生转世穿上了失去引力的水晶靴。

他跳下去了，他踩到了一个爱情与诗意的星球上，

他荡上了秋千，他跳跃在了神女起舞的绸布上。

二

我有一双鞋靴，皂靴青鞋，战刀马革上的皮卡。

我的双脚行走了上千年，我穿破的鞋堆成了一座山，

我跋涉过三山五岳，我寻觅着一个又一个城邦。

步瀛斋的老布鞋托我转遍了北京城，绣花鞋引着新娘揭去了
　　盖头，

大兵棕黄色翻毛皮鞋、橡胶底的解放鞋承载着千军万马穿过
　　崇山峻岭。

我穿过一双高帮回力，奔跑在篮球场上，

我在耐克和阿迪达斯上炫耀着我的步履生风，

横网的与纵理的鞋底踏出了斑驳的印迹。

印到树荫下，印到了山崖边，印到了海滩旁，印到了公路侧。

我奔跑着，行走着，踽踽独行着。

老虎的爪印、黑熊的掌指在我身边辗过，

我弓形的脚掌埋在沙堆里，我踩上驼鸟奔过的草木，奔上
　　了柏油公路。

我在进行马拉松长跑，我加入了二十公里竞走，我夺冠的
　　狂喜让汗水与金靴印渗透到了一起。

奔驰卡车深深的车辙卷起了尘埃，我坐到了车轮上，我进
　　行了汽车拉力赛。

那是一队装甲车，那是一辆重型坦克，它们闯过沟壑，冲
　　过防火网，它们的履带辙纵横交错。

我驾驶着歼 –31 战斗机滑行飞上了蓝天，我的机轮在机场
　　跑道磨擦出黑色的火花。

我跳了伞，我坠落到沙漠里，我飘移到海洋上，我的足印
　　深嵌在小溪边。

我回到了远古，我穿上了金缕玉衣，我扣上铠甲穿上蟒
　　靴，挥起长矛擎起盾牌向前冲，

我的陵墓留存了我的足迹，我的史书描述了我的行军路线。

我和恐龙共生，我与月亮的浪漫共存。

三

多少年，多少幽境都系在那嫦娥的飘带上。

逝去的时代，作古的先人，又托梦给了我们，

我们把诗意深化了，我们把爱情表白了。

有天文望远镜照透了环形山，有一个个天上的使者描画出
　　了月宫蓝图。

向上就是飞，向下就是落，万有引力把我们紧紧束缚在地

球上。

火箭让火成了鲲鹏的翅膀，火箭把人类的足迹拽过了大气
　　层，

阿波罗是火，阿波罗是太阳，阿波罗把火种撒向人间，

阿波罗把诗情奏响在月宫，他是月神的胞弟，他要为母亲
　　复仇，

火铸就了文明，火焚毁了愚昧，火照亮了深邃的夜空。

我坐在了火焰之上，我躺在了喷射之巅。

繁星在我身边降落，我飘行在上下星辰之间，

阿波罗之火点燃了整个宇宙。

这是另一星球的生灵，这是别一世界的问候，

那块陨石滑落夜空，那颗流星划破暗夜。

巨蟒的毒液夺去了阿波罗 1 号上的生命，

它喷出的毒气阻止了阿波罗 13 号重返大气层。

这艰难的飞行，这献身的代价让阿波罗发了怒，

它抽出金箭射死横天的巨蟒，迎来了阿姆斯特朗的穿越。

我是阿波罗 11 号，我跨出了一小步，这是人类的一大步。

我回首望去，那是过去，那是永远的未来。

黑洞的曙光

一

你有一个黑洞，我有一个黑洞，
黑洞的彼岸花海荡漾，
黑洞的隧道穿过室女的闺房。
创生之柱在螺旋上升，
草帽星系越过了北冕座长城。
长城上的你，长城下的我，
远眺着天琴座星云飘起连绵的烽火，
烽火袅起，烽火在黑洞中穿过，
黑洞吞咽进噬魂的神兵。
相对论的快车在快速飞奔，
弯曲的时空撞击开引力的牵引
膨胀出了四维空间的屋顶。

二

恒星坍塌进深渊，光芒蒸发起暗夜，
粒子在毁灭，生命在重组。

我在黑洞中爬行着，

爬行的出口奇遇了爱因斯坦。

黑洞的尽头有一个奇妙的世界，

黑洞的夜市美食飘香，

宇宙的拼盘在平行线上端上餐桌。

我痛饮着人马座的香槟，

我饕餮着烹鲜的大闸蟹。

闸蟹来自潟湖，

潟湖上飞舞着蝴蝶，

我从猫眼里窥望着缤纷开放的宇宙花。

三

我们存活在地球上，

黑洞是我们生命体的一个环链，

暗夜的甬道孕育着我们的生长。

我是你们银河中的仰望，

我是你们天文学家的观测。

我难以看见你们，

我找不见你的家园。

第四宇宙发来求救的电波，

遥远的光年让我们爱莫能助。

现在我看见了你的眼睛，

你的眼睑在眨动，你的瞳孔放射出幽深的光芒。

我将穿越进去，我欲迈进另一个世界，

黑洞的曙光已照耀见了我们的南北极。

地球，我望着你

一

我望着你，地球，

我站在月亮的环形山上望着你。

我望着你，地球，

我从宇宙飞船的窗口瞭望着你。

我望着你，地球，

你迷人的蓝色风云变成了水晶宝石，

你南北的极光转瞬即逝。

我望着你，地球，

我身轻如燕出舱，

我太空行走在北斗索。

我望着你，地球，

你喧嚣鼎沸的城市已成一云团，

你熙攘的吵闹已变一尘埃。

你的河似一蜷缩的虫子，

你的山如嶙峋的色块。

我望着你，地球，

我脱开你的怀抱，我成了你的信使，

旅行者飞船，携带着我的明信片前去相亲。

我是男人，我为女人；

我有老幼，我有妻儿；

我的餐桌旁聚集着全家福。

二

我望着你，地球，

天马成我的座驾从你身旁掠过，

白羊让我驱赶奔向深空的草原。

你的太元古宙已被切割开，

你海水的光谱分解出妈祖的容颜，

你山鬼的啸天让绿波荡漾。

我望着你，地球，

你战场的硝烟呈星星点点，

你血腥的军团恍若蚁虫。

这漫长的历史只在闪烁中，

那纷繁的争夺仅存空气里。

辽远的世界就在手掌间，

大陆的板块火炬样在燃烧。

骆驼在踽行，犀牛在奔顶，

大洋两岸盈尺之间。

你在我的桌上旋动着，

你的华丽转身与日月伴舞。

冰雪公主与司秋擦肩而过，

嫉火的夏娘扯去蓑衣，
浪漫的春姑柳絮中雪飘。
莹白的玉体显出山峰，
奔淌的河流如精虫渗透。

三

我仰望着你，地球，
就如我推开月色的窗口，
就似我从观海亭等待日出。
你是我的月亮，你是我的恒星，
你的引力已从我的体内弥散。
我仙在醉酒，我神在纷飞，
我在缩短你同紫微的距离。
我仰望着你，地球，
你的牢房曾把我禁锢，
你的监狱让我窒息。
你的锁链束缚着我，
你的刑具让我遍体鳞伤。
你的恐龙踩踏出的人世有太多苦难，
你的鳄鱼爬行的池塘吞噬了诚实与善良。
我离去你的贪婪，我告别你的丑恶，
我躲避你的卑鄙，我闪开你的阴险。
我仰望着你，地球，
我曾炽炫地热恋着你，

我曾狂热地拥在你的怀中。

你的山川河流，你的树精藤怪养育着我，

花朵开在我胸中，雨露滋润着心田。

四

我仰望着你，地球，

你将变成火球，你要燃烧成太阳。

我已脱轨离开你，我已旅行在宇宙，

我从冷冻舱中苏醒，我在冰霜层融化。

我停留在豆蔻时光，我永存在而立之年，

我在第二层空间里可游荡亿万个春秋。

我将再造家园，我欲重塑新人，

三头六臂的容颜是美女的偶像，

蛇发女妖为让俊男帅才梦追。

天地开辟，日月合璧，

盖穹浑阳，十二斗柄重续生命链。

我在爬行，我直立行走，

我这物种从陨石中碰撞而出。

彗星的划板掠过金牛系，

狮子座的流星雨普天迸溅。

我们在奔逃，我们在欢庆，

你们的节日盛开在记忆中，

你们的蹉跎是喜宴的前奏。

我遥望着你，地球，

焰火的庆典已照耀在三清天，

灵魂的笑声在雷鸣声中传来。

五

我遥望着你，地球，

今夜你从山峦边升起，

拂晓你淡然隐去。

火星的太阳已升起，

木卫二的睡眠已黎明。

我们整装待发，我们众神奔向四方。

我系紧了你的赤道，我与盖亚交换了生命通行证。

我要把你拯救，我要把你推出毁灭。

我遥望着你，地球，

我是前智，我为先贤，我是超人的教头。

我知还有一场战争，

我明还存一次灾难。

浩劫的人类幡然醒悟，

末日的腐朽开出新生的曼陀罗。

我遥望着你，地球，

先知将从坟墓中匍匐出，

骷髅重新粘上皮肤。

烈焰焚烧净罪恶，

闪电刺破开黑夜。

我的兄弟姐妹，我的鹤子梅妻，

你们将在乐土上脱胎换骨，
你们会亲如手足万世长久。
我遥望着你，地球。

战歌嘹亮

延伸的海疆

等待许久了，
期盼百余年了。
那一刻，
北洋舰队被歼。
那一时，
民国海军被灭。
从邓世昌到萨镇冰，
叹息无奈憋气。
总希冀郑和重现，
去波十万里，
驭风千海线。
携远程飞弹，
挺雷霆火炮，
握长风利剑。
一个旋风平台，
一干冲天战机，
弹射上天，
滑翔入云，
入东海进南海，

巡太平洋驶印度洋。

海疆的延伸，

海岸线的弧度，

那洁白水兵帽的飘带，

那与海鸥欢飞的海魂衫，

礼仪的列队，

英挺的军礼，

在甲板上射箭。

我想成为你们中的一员，

我欲驾舰载机冲向蓝天。

我羡慕你们，

我用我的诗句加入你们的行列。

壮志凌云，

心系海疆，

我想成为一个舰炮手。

我愿当一个普通水兵。

我渴望远涉重洋，

让世界目睹我的英姿。

天堂门口的战争[①]

昨天的战争才结束，

昔日的硝烟仍笼罩。

你们吞并了锡金，

你们肢解了巴基斯坦，

你们插手邻邦内政，

达兰萨拉豢养他国叛乱，

你们认为印度洋是自己的内湖，

你们把喜马拉雅山当成新德里的大门。

藏南你们强占着，

边界你任画出，

你们早忘了自己的压迫，

你们已丢掉精神上的甘地。

我们读泰戈尔的《飞鸟集》，

我们循一行走过的路。

我们诵善，

我们唱忍，

佛陀的香火缭绕在舍利塔下。

①　印方领导曾狂称 1962 年的中印战争为"天堂门口的战争"。

我们本有共同的大悲咒，

我们互存着八十一难。

殖民者，

侵略枪，

饥饿狼，

食人兽，

你我都面临过。

果阿港，

虎门口，

掠夺的战舰，

给我们套上患难的锚地，

反抗的刀剑遥相呼啸。

我砸碎了锁链，

你收复了失地，

两个文明巨轮劈波起航。

华夏族，

兴都斯坦人，

我的省，

你的邦，

众生浩荡，

万世普渡。

寸土成金，

寸沙滤真，

圣界净土被染红。

涅槃何以能重生。

我历经战火，

我饱经沧桑，

你忘记的劫波，

我已渡过。

你失忆的溃败，

我记忆犹新。

我不想称王，

我不会当霸，

我只维护住我的家园，

我只维系紧我的宗祖。

你闯进隘口，

你撞开栅门，

妄称南亚是你们的，

你们要拥有世界。

罪恶审判，

拉达宾诺德·巴尔赦免野兽，

今却侵犯鲸吞弱小。

我们替天行道，

我们挺起正义，

我们将翻山越岭，

我们将奔袭千里。

我们杀无赦，

我们斩立绝，

1962 年的号角重吹起。

山地师，

无敌旅，

都将歼灭之，

"天堂门口的战争"将成为你们的地狱。

最后一战

土山，

沟壕，

孤耸的烽火台。

干燥的风卷着肆虐的追击，

荒冢的垣围裹紧分裂的内患，

生死予夺的关隘，

逼上绝境的反击。

泥土的沟壑筑起伏击的火网，

疲惫的身躯振奋起求生的搏杀，

石器之上轮回出闯王的义军。

灵魂的纪念碑凝聚起胜利的号角，

最后的硝烟弥漫出再生的鸣响，

风沙阻挡不住进军，

贫瘠便有艰难的跋涉。

百年的最后，

千年的开始，

走来了一群衣衫褴褛人，

跨出了治国平天下的群英。

地上的神灵，

恐龙足下的源泉，

千军万马的脚步声在震动！

皮影里透出秦汉的声韵。

脱贫也是最后一战，

平治也是终极追索。

路环上天，

丘剖井膛，

灵泉泛出，

天降甘霖。

西部西部，

可以上西南，

可以进乐园。

钢铁的阅兵

一部陈凯歌执导的电影，

将久违了的大阅兵，

呈现在观众眼前。

一代伟人的指点江山，

让演习的硝烟伴随着整齐的步伐走来。

平行线的钢盔斜挎的冲锋枪，

英武的面孔迸射出生命的火花。

排山倒海　铁甲翻滚，

方块的军团成铜墙铁壁。

中尉少尉和列兵，

少校上校与将军。

环视的注目礼，

口令的呼喊声，

战神的眉宇间凸起，

浴火重生的队列出发。

一个个好汉，

一队队洗礼的野战军，

天安门迎来了庆典的长征，

朱日和集结了多兵种的实战。

我们又听到了侵略的声音，

我们又看见了挑衅的航母，

骚扰领空的轰炸机，

涉向领海的核潜艇，

雷达张开警觉眼睛的网，

立体的防御让巡航导弹迅疾发出。

一寸领土，

一厘海疆，

谁想染指必剑出鞘。

一朵白云，

一片蓝天，

欲来污染，

定将清扫尽。

红外的风镜盯紧来敌，

雷霆的天军揽天携地，

喷射的火箭营迎风呼啸。

最强之敌我们血战过，

最凶的夷蛮我们交手过，

这是一支能走能跑能急行军的师团。

穿插敌后　围点打援，两强相遇　决战千里！

冲天飞豹　飞越海峡　翔过千山。

你打破虎门，

你焚毁三山五园，

你把四百八十年的建筑精华变成千年的仇恨。

甲午的衰年，

光荣葬身鱼腹。

你蹂躏着东三省；

你在南京大开杀戒。

你蔑视吾国，

你嘲讽我族，

你忘了孙子兵法　秦皇的雄心　报负。

成吉思汗的骁勇已融入我血，

从汉江两岸到乌苏里江上的古斯库瓦郎，

从高寒海拔的反击至南部边疆的横扫，

和平的大本营聚拢着金刚护卫，

海峡海岛海洋山巅犯我必诛！

海疆锁紧也迎宾客，

领空把定也接友人，

守土有责一带一路环向世界。

钢铁的阅兵，

震天的慑魄，

九十年的艰难跋涉，

九十年的无坚不摧，

一个军人的骄傲，

一个士兵的节日！

浴血的胜利日

甲午的凯旋，

九一八的占领，

七七事变的进击，

大日本帝国，

大日本皇军，

所向披靡，

战无不胜。

击败沙俄舰队的东乡平八郎；

让北洋舰队覆灭的伊东祐亨；

将东南亚踏于铁蹄之下的东条英机；

把珍珠港几乎碾碎的山本五十六，

武士道，

杀人狂，

残忍　嗜血　野兽。

武力的雄心，

把南京当太阳的祭旗。

胆色十足的汪精卫发出了屈服的艳电，

华北自治的汉奸粉墨登场，

投降吧！

不要进行无谓的抵抗。

缴枪吧!

廉价的牺牲毫无价值。

然中正剑仍剑指着众集团拼死抵抗,

插向敌后的飞行军在敌心脏里大战牛魔王。

平型关　台儿庄　淞沪　松山　腾冲　滇缅　铁师　钢军,

那坚硬的钢盔,

那敢血战顽敌的献身。

一寸寸的拼争,

一个个的争夺,

石碑上横刀立马天黄地玄,

昆仑关两强勇者来。

劣质的武器发动百团大战,

舍身的五壮士面对敌围。

邀天之功　感动上苍,

火球击碎太阳,

华西列夫斯基扫平关东狼。

今它们又来了,

大和号浮出水面,

禁战的枷锁被摘去。

慰安妇死赖,

苦劳工硬拗,

向强盗致敬冥礼,

让战犯靖国升天。

红孩儿会把核辐射再次扩散,

阴魂的大军欲咆哮而来。

浴火的胜利日已刮去耻辱的伤疤，

大任在身，

环球冰火，

苦难的历程已跨越，

艰苦的跋涉将迈尽。

胜利日的号角，

要吹向未来世界。

南京审判东京

审判在东京；

审判在巢鸭。

东京的南面是南京；

东京的判决是南京。

梅汝璈眼镜后面射出犀利的剑光，

射向松井石根，射向雨花台下的谷寿夫，

土肥原、板垣的狡辩让倪征燠粉碎，

向井敏明、野田毅，

杀人比赛后炫耀的指挥刀折断掉。

皇族的朝香宫鸠彦逃脱罪责，

裕仁的面具躲开判决，

魅魁仍靖国升天，

画鬼还在游旧散步。

兽行在拉贝的笔下，

暴殄显马吉胶片上。

姑娘的贞操，

初度的童稚，

你们肆意夺去。

杀了的父母你也有，

奸了的姑婶出门见。

南京为金陵，

南京有石头，

石破天惊，

原子裂变。

金陵梦觉，

战神穴出。

你嘶着征服的呼号，

你喝着血酒庆典，

你的阴摩罗鬼已铸进历史的阎王殿，

人类记忆遗产让你永受煎熬。

今天南京审判东京，

今天死魂灵虎踞龙盘。

旭日还会升起

航母的舰载机需要你，

冲天而去的歼－20期待你。

空中的弧线，

白云间的彩虹盼你来织就。

你选择了雄鹰，

你厌烦了泥土的束缚。

你要俯瞰大地，

你要自由在雾霾之上，

多少人为此而命系朝霞，

多少闺秀不甘囚家上天。

时刻面对着牺牲，

瞬间而去献身。

香消玉殒，

雕刻天际，

骨肉散烟，

挥洒英魂。

不哭泣，

不哀伤，

美丽在星光中。

莫悲切，

短叹息，

天地的归宿壮丽而绵长。

战神的歌声

怎会没有回声？

怎会没有圣歌的弥撒？

愤怒的日子已过去，

红场的阅兵刚结束，

昨天战争的硝烟还未散尽，

昔日战歌的号角仍在耳边彻响。

那歌声是一个方面军，

那旋律能解放任何一个城市！

坦克的履带，

排响的冲锋枪，

困兽犹斗的基辅，

布列斯特要塞的玉碎，

勇敢的士兵，

刺刀见红的准尉。

莫斯科保卫战，

伊尔库斯克的进攻，

柏林国会大厦的胜利之旗！

纳粹制度的烟灭。

正义之声排山倒海！

海潮翻卷，

雷霆咆哮，

一座座城池被夺回，

一片片国土给收复。

整个欧洲在期盼中欢呼！

亚历山大罗夫指挥着红旗近卫军，

是泥淖高地上的利剑。

他们没有死，

圣诞夜的离去，

让他们在天堂吟诗高歌。

他们将复活，

他们将投入即将到来的解放之战！

二战底片

纳粹是狼，

元首的小胡子似狼毫

希特勒的大本营叫狼穴。

狼奔豕突，

闪电战横扫欧洲。

斯大林如虎，

虎的中堂悬挂在庭，

山林之王髯须横髭，

虎踞龙盘莫斯科坚如磐石。

丘吉尔有一双鹰眼燃烧在烟斗之上，

皇家空军鹰击长空血战英伦。

鼻翼下的短虬是阴鸷的豺，

太阳旗下武士具有这品性。

豺狗快速包抄，围追堵截，

美国牛被偷营袭击，

东北羊被掏出肠子。

进军罗马的黑衫军是一群黑蝙蝠，

挂鼠的墨索里尼倒悬毙命。

中国是貔貅，

中国是龙凤龟麟，

中国有护门的金狮，

纳四方武威涅槃重生。

海狮从诺曼底登陆，

库尔斯克坦克大战，

长颈鹿的戴高乐亮出了剑刃。

龙争虎斗日薄西山，

狂飙直捣狼穴，

万字旗焚灭净尽。

皇冠闪耀在女王头上，

北极熊举起了镰刀斧钺，

豪杰争锋，

英雄辈出。

天堂的胜利

一

那幅画挂在了天堂门口，

那个骷髅的世界叩动着通天塔的悬梯，

他们存活在勃鲁盖尔的油彩中结伴而行，

他们在起床的哨音中列队集合。

云中搭起了立约的彩虹，

大地烙上血肉的记号。

上帝的手拨动着闪电的琴弦。

死神躺在我们身边打着瞌睡，

死神已披上天使的素衣四方行走。

告别的颂歌漫天奏响。

伦巴第大区城门的骑士率众奔向天堂，

黄鹤楼的故人在樱花中穿行。

自由的天空奔行着众神的脚步

生命要重新在沙尘中凝聚。

热血洗刷着冰冷的岩石，

阴阳的厉鬼在烈焰中焚烧，

天庭的欢声摆起盛大的宴席。

骨肉已重新锻造，肢体已再次生长，
残缺的肺叶唱起嘹亮的山歌。

二

病毒的皇冠加冕在桥头堡的头顶，
庆典的彩服是防护的衣镜。
有多少天使抖开白衣展开飞翔的翅膀，
复活的死神飘然降落到人间。
悲痛已被荡涤，眼泪早就干涸，
桥下的江水呜咽而过。
你在诉说，你在申冤，
你的悲痛伴随着死神的欢笑携手狂奔。
雷神火神敲响擂天的战鼓，
方舱船头驶向了彼岸。
我患了失语症，我在麻沸散中昏睡不醒，
我的梦甜蜜而又温馨，我的幻觉彩灯闪烁。
开始就迈向了结束，结束便预兆着开始。
那些上天的预言装在玄灵的魔瓶中扔向海洋，
海洋吞噬着未来，海洋将先知漂流到了今天。
天帝的密都长满武罗的葡草，
黄色的花朵结出殷红的果实，
青春的光彩润泽着苍白的面孔。
他化成了山，她流成了河，
在飘洒的云间阳光普照。

三

快速兵团在疾奔，闪电部队在穿插。

它在空气中穿行着，它雪球样翻滚着，

泥沙俱下，河床开裂，火山的云朵在盛开。

它是四头巨怪，它的面具嵌在橄榄球的头套中，

它是变色龙，它为美女蛇，它是双面侠。

它智勇双全，它变幻莫测，它是超级谍王，

通向城市的桥，满载着盛装的男女翩翩起舞。

它深入"敌后"，它插向"敌人"的心脏，

它披着蝙蝠侠的斗篷叱咤风云，

它声东击西游魂样飘荡。

神圣的死亡稻草一样在收割，

庄严的葬礼漂萍般流散。

冷酷的魔鬼，不动声色的撒旦，

将人类的欢乐零售出卖。

你的罪是如此地深重，你的孽这样地漫长，

绝顶的枪声雷鸣般震响，

万众的讨伐列队前行。

猫鼠大战在街巷中展开，

防疫部队的窗口直面着鬼魂的眼睛，

防弹衣阻挡着枪林弹雨。

四

我属鼠，我是天下第一福神，

我降生在庚子年，我同厉鬼相争着天下。

教堂被毁，上帝受辱，

拳民刀枪闪烁，大臣摩拳擦掌，

老佛爷要与列国开战。

庚子国变，割地赔款，

庚子朝事，新政早被切碎在菜市口。

罪己诏，八国联军长驱直入进北京城。

克林德碑下记下屈辱的一页。

我是晓亭下的寸开泰，

我目睹了朝夕日月的运行，

我在危机四伏的时局图中画上了一枝梅。

我活到了今天，我在苦难中一次次重生。

阿尔贝·加缪把我围在城中，他把我的属相打上瘟疫的烙印。

我寻找着奥兰城，我对照着里厄塔鲁和朗贝尔的命运，

帕纳卢神甫在超度着众生。

我出生在哈尔滨的傅家甸，我从死人堆里爬了出来，

我记住了一个叫伍连德的人，

他和钟南山一样戴着眼镜，

他把"伍氏口罩"戴到了所有人的嘴上。

五

天堂的台阶是那样地遥远，

地狱的门槛可轻易迈进。

通天塔已被上帝拆毁，

人世的努力付诸东流。

亚当和夏娃的肋骨插进我的肌体，

我讲着中文学着英法日俄与斯瓦西里语。

蔓延的浊流此起彼伏地冲撞着国境的栅栏，

我的意大利少女，我的法兰西女士，

东京铁塔的奇遇交织着太极旗下情爱，

苏菲·玛索和索菲亚·罗兰的留影，

吉永小百合甜蜜的笑和黑木瞳的媚惑，

《天国的阶梯》攀爬着金泰希的美貌。

我要去周游世界，我想横穿罗马的街区，

地中海新鲜的空气冲刷着我的肺叶。

死去的魂灵已将通天塔垒起，

地狱的大门已紧紧地关闭。

死神垂下胜利的眼睑，死神张开温情的拥抱，

向东去一千四百万里，向西去一百五十万公顷，

有南山有北山，有激流与大河，有江海与大洋。

天堂的盛典迎接着脱罪人间，天堂的祭坛前进行着胜利的阅兵。

子曰诗云

新年狂想

天红了地白了，

春联挂到月宫侧，

嫦娥接新郎，吴刚迎喜娘，

横批竖字悬到了天门旁。

紫气从东蒸腾。

青阳潜地底钻出。

玉帝门扉上的福字在旋转，

女娲的牖窗鲤鱼跳龙门。

蝴蝶犬颈系红丝彩绸起舞，

王母的贺礼，盘古的盛宴，尧舜的集市。

忧愤的光绪帝诚邀六君子回首明定国事。

菜市口的血祭已染红云霓。

云霓托起朝日，霞光穿透阴霾。

一个甲子，两个轮回。

致远骸已出水，

中山舰新起航，

张衡一号电磁连宇。

百年的冤魂，

千年的孽债，今都要昭雪，今都要偿还。

我梦苍天，我寐沧海，

我的心潮涌向春晖，奔向金虎白驹。

新学堂新思想新言论新矿业，海国图志，带路新起。

夭折的维新今要震旦兴跃，公车的辐轮千载跨越，

金木水火土，东西南北中。

新军天军火箭军，早已将拖辫斩去，

血火中已淬炼出无敌之师。

那些状元，那些榜眼，那些探花，

那些屡试不中的秀才，

今已指点江山，今已社稷在胸。

我的新年，你的韶景，

万花齐放，万马奔腾。

生活的革命

一

喂，生活，

你在大街上悄然而过，

你躲在树丛间吹着口哨。

我们，

迎面走来，

我们，

彷徨而过。

美容店飘出分不出年龄的女郎，

超市里推出堆满奇货的购物车。

地铁里爬动着蝗虫一样的人，

机械前行，鱼贯而过。

从东奔到西，从北拐向南。

从 D 口出，从 B 道行，

我们已成一个字母，

我们已蜕皮成一个符号。

手机贴在眼前，

李玖哲的歌塞满耳朵。

信笺已成废纸，情书流落到了街头。
我牵着她的手，她挽着我的胳膊，
我们漫步在南京路上，
我们拐进什刹海的小巷。

二

我有一台黑色的收音机，
那是父亲的遗物，
声音从三潭印月的图布传出。
我听着小喇叭广播，
相信有个叫孙敬修的爷爷从里出来。
三潭印月掀起了波澜，
《英雄》的旋律从碧波传来。
尼克松，周恩来，
李德伦，奥曼迪，
费城交响乐团的破冰之旅。
泪水将我卷进贝多芬的旋律，
音符撞破了样板戏的窗口。
电影看了《早春二月》，
话剧观了《于无声处》。
杜丘奔行在长安大街上，
女排晃动在黑白方寸间。
有人在传小道消息，
有接吻镜头初上映。

内部文件包产到户，
杂志出现了川端康成。

三

我丢过辆永久牌自行车，
那是荒年中的奢侈品。
母亲留下块英格表，
我珍藏在手腕上。
这时间现已倒流，
这钟点旋转了半个地球。
舞会上流淌着多瑙河，
邓丽君带来甜蜜蜜的滋味。
他炫耀着奥迪车，
她亮出骄傲的护照。
梦境重被拾起，
飞机穿越过了大洋。
我有了爱，我有了情，
我为了一行诗句想入非非。
傅聪回来了，傅雷解禁了，
克利斯朵夫让我渡过了河。
这城邦怎这么大？这天地怎这么广？
画框中出现了饥饿的眼神。
意识流滚动了过来，
麦当劳咬在嘴上。

四

我同死神一同诞生，
我和战士一起拼战。
我的书包装满了笔记，
我的笔下流出了血。
几个风云人物打开了特区的门，
打工者奔向了海洋。
那一声汽笛，那几多探险者。
会聚到了潮边桥头。
BP 机发来一条短信，
大哥大从挎包里掏出。
有火箭上天，
有巨轮远航。
计算机衡量着银河，
杂交水稻驱赶饿殍。
狂汉去漂流长江，
汉简分离在哈雷光谱中。
方便面成了旅行食品，
港台通行证装在口袋中，
看见了日月潭，登上了阿里山，
汉江两岸映见了富士雪。

五

生活在光怪陆离中，
别扭的西装套在高矮身上。
匆匆地赶路，忙忙地装修，
离开了四合院，告别了老街坊。
方正的排版让毕昇失了业，
面包形的士进了垃圾场。
久违的家书倏忽钻到微信里，
我的支付宝成了新的货币交易。
我饿了，
穿街串路的外卖端来鱼香肉丝。
私家车奔行了五百公里，
高铁缩短了探亲的路程。
我在公众号上展示着自己，
搜索引擎搜出了外星人的轨迹。
世界成了压缩饼干，
动荡的彼岸凸显着变数，
资讯翻山越岭而来。
我套上生活的面具，
我经历的革命时代，
就发生在眼前。

微信时代

一

密电码，调频台，
遥远的破译，指点迷津的符号。
阁楼上的隐藏，临危不惧的特工。
编码器的暗语导引着千军万马。
旋转的雷达，测试的微调，
目标定位在地下室。
将数字咬碎，电波消失在夜空，
笨拙的机器沉向海底。
影子的英灵，无名的沉默，
穿插在企望的封锁线，
寻觅在波涛的浪尖上。

二

遥远来到眼前，
导航将卫星贴近。
千里眼的巡航打击，

显现在屏幕上，凸明在尺寸间。

历史的图景从 App 中走来，

远去的歌声回响在音频间。

我吃了一个苹果，我装了一袋小米，

塞班平台上跳出了一个精灵。

浏览器中百度出了人何以会飞，

星月微缩到瞳孔里，古穴出土在程序间。

三

我有一个钱包，

存在微信中。

我有一个银行，

在支付宝中交易。

我按了密码，我印了指纹。

货币的交易，商品的流通，

快递小哥的货物向我扑面而来。

路易的金币，串起的铜钱，

结算的钞票，银行的利息，

已化为二维码中的数值，

已扫描出一座新的立交桥。

再　生

这是一个恐怖的字眼，

这是一个令人发抖的信息。

在尼罗河畔，

在黄河岸边，

在元谋猿人和半坡氏族的遗址里，

那些生命的跋涉留下了多么艰难的足迹。

在西撒哈拉，

在南美草原，

又有多少弱肉强食你死我活的，

血腥传说。

有人会乞求于道，

为生存。

哪怕是粲然的一笑，

我愿苟延残喘跪拜在撒旦膝前，

渴长生。

我会钻进香火的烟雾中默念咒语。

然而，

此刻生之欲望和死之信念，

在我胸中同样强烈。

一个生灵和另一个生灵，

一丝呼吸伴着虫蛀的蛋白酶，

同时存活在这个世界上。

生命的细胞从宇宙的空间聚集而来，

有的昙花一现，

有的漫长而久远。

长征路上的白骨，

炼狱年轮中的冤魂，

战火中的呼号，

生生不息的毁灭，

鞠躬尽瘁的瞑目。

英年早逝的天才，

让人叹息悲歌，

垂死挣扎的瘴恶，

指点江山的枭雄，

贪金存进棺材里的巫女，

你是否活得太长久了，

你阻碍了多少欣悦的勃发。

死去吧！

我的腐朽，

我的贪欲，

我的罪恶，

我的卑鄙，

我的衰弱，

我的僵化，

我的固步自封，

我的狂妄自大，

我将毫不留情地把你们赶进原子爆炸的空间。

我将再生，

我将轮回，

假如时间的周长能延长我们生命的尺度，

我会毫不犹豫地跳进同原罪一起消融的天空。

假如谁能将沉睡的木乃伊从坟墓中唤醒，

谁能让贝多芬重新走上音符迸发的指挥台，

谁会从时光隧道迎来相对论中的爱因斯坦，

谁又愿意苟且一生而终不后悔。

死去吧！

为生而去死就是一声刺破青天的号角！

为死而去生会永存天边。

庞大的坟茔，

威严的帝王，

殉葬的嫔妃，

弥撒的珠镏，

仍不能率大军从地宫中破土而出。

你化为一缕青烟，

你遁入一道空门，

你的染色体续交织出了一个新的雌雄脱窍。

死去吧！

让陈朽的细胞注入新的基因，

让旧我和新我展开你死我活的搏杀。

天工开物，

万念新放，

我将毫不吝惜地举起一杯滴着鲜血的毒酒，

为再生的崛起干杯！

长城的眼睛

一

这眼睛警觉着敌邦，
众眉睫横扫着来寇。
视野越击万里，
瞳孔散射出犀利，
眼神绕过了千年，
窥镜映照见百朝。
赵武灵王的筑垒，
古北口侧的刀锋，
杀红了眼，
充溢出了血，
热河闭上了双目，
南天门垂下了眼帘。
长城的兵勇，
孟姜女的孙儿，
连绵起伏的怒目而视。

二

瞭望入海的老龙头

仰望耸立的慕田峪；

张目虎山，睥睨嘉峪关，

长城的眸子聚焦着日月。

月色在烽烟中飘动，

日晕从碛台顶环绕。

雪色凝结在眼睑上，

秋水泛波晶莹间，

卧蚕的眉春草萋萋，

恬静的湖泪水盈盈。

过眼的烟云迸射流旳，

迷蒙的夜色灯火闪烁。

三

我是长城的一块砖，

我为烽火台一警哨，

我眉宇感知重叠长城的视网膜。

我看见布列斯特要塞的苦战，

我遥望马其顿防线的崩溃，

我同埃及人穿过了巴列夫的火障。

没有攻不克的城堡，

绝无固若金汤的阻挡。

云梯爬上了城墙，

堑道掘进岩壁，

秦皇的洞门摧开，

大明的墙头悬起崇祯的头颅。

西周的号手，

朱元璋的臣民，

背负着山的沉重，

兵乱的率土之滨，

囚禁的深宅大院。

四

我是一巨人，

把长城的环带束在腰上，

我穿上紧箍的铠甲，

迈开吨位的步伐。

改朝的年轮，

换代的君主，

锲而不舍地构建，

十五国郡的领地。

蛇在爬行，

龙在呻吟，

万年的蛰伏，

千载的相逢。

蛇要狂舞，

龙要腾飞。

五

长城的眼睛看见了繁星，
飞天哨位张开千里的雷达。
大洋已尽收眼底，
侦测已探知寰宇。
古罗马的斗兽场嘶叫声声，
金字塔的胡夫闯进眼帘。
烽火戏诸侯逗笑了威尼斯商人，
女娲袖舞补住雅典娜的天穹。
车轮已从燧烟中驰过，
放之四海的眼量囊括千重山。
龙骨上的横波已被擦亮，
可罩见天，
可照清地。
云北雨南，
东观西望。
泪水激动了河，
玻璃体映见了伊甸园，
长城的眼睛已不再被蒙住。

难忘"五一"号角

一

忘不了那一天众望所归，

忘不了那一时民心所向。

时代的号角吹响，

民主的浪潮汹涌。

大军过江，所向披靡。

百年的沉疴宿疾要从此割除，

欢呼的期待伴随着解放的炮声震响。

这是新生共和国的前夜，

这是浴火共度党派的呼声。

忘不了美髯飘腮的沈钧儒振臂一挥，

忘不了眼镜后面陈嘉庚睿智的眼神，

忘不了倒在血泊中的李公朴，

忘不了面对枪口不惧死亡的闻一多，

忘不了把钥匙扔在家赴汤蹈火的鲁迅，

忘不了昂首挺胸迈进监狱的七君子，

更忘不了营救各路聚议的东江纵队。

刘黑仔的神枪，林文雄的骁勇。

奔向延安，奔向西柏坡，

奔向解放的战场。

用笔作刀枪，

将诗文装进枪膛，

正义的呼声铺天盖地。

宋庆龄走上了政协讲坛；

张澜登上了天安门城楼，

柳亚子和诗一唱雄鸡天下白。

1948 年的"五一"，

芝加哥民众走向街头示威，

莫斯科红场敲响胜利的钟声，

解放的欢呼在中华民族头顶飞翔。

为了自由，解放！

为了民主，解放！

为了团结，解放！

为了胜利，解放！

解放出苦难的灵魂，

解放出专制里的议政，

解放出共赴国难的肝胆相照，

解放出孽障中的天道，

解放出民主联合政府，

解放出强大的共和国。

二

忘不了，

我们都在炼狱里煎熬和考验，

忘不了，

民盟大门停止活动的告示。

被批斗的共产党员是我的朋友，

称为叛徒的部长是我的父辈，

污成特务的专家是我的老师。

赤子之心的琴声弹奏出了沉沉的安魂曲。

同舟的船抛锚在了岸边，

共济的桨丢弃进狼窝。

水干涸了，

禾苗枯竭了，

游丝的呼吸发出微弱的反抗，

忧国的情怀探寻着真理的声音。

一个党小组长从"五七"干校归来，

一个大学教授走上工农兵的讲坛。

知识的源泉滋润着渴求的心田，

心灵的阳光突破黑暗的夜空。

荣辱的重压共同承担，

与共的跋涉砥砺前行，

人类学的足迹蹚开新生的路。

路在山上，

路在水中，

开山劈路，

开辟航道，

千山万水初心不变。

忘不了，

云开的那一刻，

忘不了，

日出的十月天。

鸟在欢飞，霞在歌唱，

万众一心携手淬火不朽前程。

三

忘不了，

那转折的会议，

忘不了，

那坦承的通报。

醒目的价值已将"五一"口号重鸣，

宪法的力量让人举起宣誓的拳心。

高铁的飞奔寄托了目标的梦想，

神舟的探天展开了翱翔的翅膀。

我们是一支出谋划策的军师，

我们是一群充满智囊的左右手。

圆桌会议上传递着点滴的心泉，

手术台旁分离着庞杂的肌理。

航母已下水，

战狼已飞天，

我们的知识已启蒙了一个个精英，

我们的医术救治了一个个患者。

我的共产党同事对我说怎样去讲一堂费孝通的课。

我的主委对我言去看看春天的美景。

玉兰开了，芍药朵红了，百合的缤纷香气四溢。

百花齐放、百家争鸣，百鸟朝凤，

待到春花烂漫时。

我是民革成员；我是民进召集人，

我走进致公党的会议室；

我的主委是九三学社的主治医师。

我的民建，我的民主，我的农工，

我的台湾同胞，

我们挽起双手回首着"五一"的那天。

看吧，羡慕吧！

我是一个民盟成员，

我和我的祖国一起奋进。

北京的朝霞

一

当红日从故宫的角楼边升起，

当高铁聆听着北京站的钟声穿山越脊。

耸壁的穹宇传来天籁之音，

含月的观象擂鼓鸣金。

从天安门日丽的霞光里走来；

从紫禁西晖的黄昏遥看山峦。

灯火在龙潭边眨起眼睛，

稷坛唤来左祖右社聚集，

曾记否，

红楼中涌出的热血青年，

曾记否，

五四大街上的激情澎湃。

百年的呼喊，

千载的期盼，

鼓楼通衢敲响了锣鼓的欢庆，

东交民巷穿过入城铁军的钢枪。

二

有一条河叫玉河，

它荡漾在中轴线的弦边。

有一座楼立于景山后街，

它眺望着皇家宫殿，

明清的厚重，今朝的肩责。

天坛墙边违建的拥挤，

失去的绿地尘土蔽日遮云，

除旧布新的百街千巷欲辟新辙，

已成大杂院的宣仁庙要重现协和昭泰。

难事苦事烦心事，你说我说大家谈；

无序的小店，餐饮的烟尘，

超标的空气指数，市民期待的眼神。

放眼看，北京的诉说刚开始，

扛起来，一个新北京在探知。

三

我看见，

走街串户的居委会主任，

只为让挪动一块石碑。

我知道，

进入棚户区的一线协调员，

只想让滞留户端起冰释的酒杯。

怀疑、冷漠、占利，

房产、地契、宅基地。

从苦口婆心到怒目相对，

从铁石肝肠至泪如泉涌。

多少辛劳，多少操心。

低洼的院落，背街的电缆，

一个个戴着安全帽的工人在穿梭往返，

一辆辆工程车备好石料引擎待发。

改造街道，改造厕所，

改变上学难，改变就医累，

让尘封的古迹展露新颜。

冬奥的雪色要银妆素裹，

新兴的北京，良辰的美景。

四

北京上演过的话剧叫《龙须沟》，

北京唱响过的歌是《东方红》。

繁盛的王府井，鼎沸的地坛庙，

买一双老字号的布鞋，

荷叶饼中的烤鸭香味四溢。

水穿街巷三里河心旷神怡，

春风吹过金鱼池碧波涟漪。

图书馆在进行科普讲座，

电影院的三维影像进入眼帘，

剧院上演新的话剧《同仁堂传奇》。

增长的产值，减排的能耗，

网络的城区纵横交错，

飞龙在天，文化皇城。

呼唤来老少咸集，万众向心。

呼唤来蓝天降临，白云飘飞。

五

北京有一座桥，叫金水桥，

金水桥跨越过长江黄河，

金水桥行进着身经百战的海陆空三军。

国歌响起，红天五星紫气东来。

金水桥飞翔起欢天喜地的和平鸽；

晨钟暮鼓，霞光万丈，

广场上涌来欢庆的鲜花，

金水桥飘起世界人民团结的彩带。

百年的征途，灿烂的前程，

图强的跋涉，奋发的壮志，

继往开来，乾坤流转，

北京在黎明的晨曦迎接着未来。

扶贫自有后来人

晏阳初，

秦玥飞，

他们同出生在巴蜀大地，

他们共为耶鲁的高材生，

他踏着他的足迹重新跨时空来了；

他沿着他走过的路从北奔到了南。

他去过定县；

他来到了衡山。

政治经济学的光环闪耀在紫衣之上，

研究所厅局级的仕途在等着走，

教授博导的头衔迎接着人归来。

你选择了乡村，

你在打工者云集出庄时当了村官，

你在乡舍空置老少无望中挑上了扶贫的担子。

脱下耐克与朗蒂维皮鞋，

赤脚踏进泥污的水沟。

你放下高知的架子，

你甘受愚贫愚私之辱。

交涉调和哀求，

就为打通一条灌渠。
挑水打草喂猪，
只想赢得民心。
资金引来，
养老院建成了，
耶鲁哥叫开了。
一个人的奇迹，
引来了众拓荒者，
感召更多大学生。
你谢绝了提拔，
你不想去高升，
该有的荣耀你已经历过，
要修的农学就在脚底下。
开一个公司，
磨一片黑豆，
健康食品要源源不断。
农人文化素质要层层提高。
晏阳初当年乡村改造的雄心，
今已有后来人。
延续下去，
传承将来，
直到山花烂漫文明凸现，
直到丰衣足食人欢马叫。

夏日的"西瓜男孩"

一

束发之年，弱冠之岁，

成人礼的冠巾束在脖颈上，

明天的太阳却过早日薄西山。

矫情撒娇，男成女态，

电影上的明星嗲声嗲气，

小白脸四处游荡，骗吃骗喝。

怕风怕雨怕吃怕喝，

妈妈的宝贝，爷爷的宠孙。

啃老族理直气壮，

不上进堂而皇之。

文身出虚假的勇士，

迷梦着天掉万贯家财，

而立之年仍混在父母膝下。

二

有一个男人名叫李恩慧；

有一个青年称西瓜男孩；

有一名梦想成为警察英雄的弃婴，

在那群撒痴撒娇中站立了起来，

在那帮无病呻吟里挺身站立。

智慧在他的贫苦中成为财富，

勤奋让穷人的孩子早日当家。

十八年前他来到这失去母爱的世上，

十八年后他成为生活的强者科举成功。

不靠施舍，退回馈赠，

除掉悲天悯人的锁链。

创造正在生长，

追求在漂泊中寻找彼岸。

三

课本里讲着都德的《最后一课》，

作业册写着《从百草园到三味书屋》。

《平面解析几何》解析着人生，

自由落体运动讲述着宇宙的奥秘。

为了高考爹妈操碎了心，

想让儿女留学夫妻解囊倾家。

有一个金华的青年，

他与命运搏斗着，

独立自主自力更生的口号，

在他胸中涌动。

勤工俭学不是他国的专利，

餐厅帮厨、暑期打工，

脱贫从自食其力起步。

四

西域的西瓜被唐玄奘带回了大唐，

西瓜的品种有天使、春雷和麒麟。

热浪夺去了高考的喜悦，

拮据让他有了西瓜男孩的爱称。

西瓜生津止渴，

西瓜是伏天的甘泉，

七万斤西瓜可汇成河，

一万四千元可买一颗昂贵的爱心。

秋来了，收获的季节金风送爽，

开学了，入校的钟声将敲响。

努力吧，青少年！

奋发吧，青春的年华！

一个出类拔萃的警官将向我们走来。

悲惨的节日

秦昭王灭了楚，

屈原去投汨罗江。

元崖山击败宋，

陆秀夫背幼帝蹈海。

白起破楚城，

数万烈士成白骨。

张弘范败宋军，

十万将勇沉大海。

屈原成了糯米，

成了粽子。

粽子有枣仁有豆沙也有腊肉的，

屈原成了一祭奠美味。

陆秀夫喂了鱼，

屈原也肯定进了鱼腹。

糯米救不了，

粽子已成了饕餮的口实。

屈原同楚国一同消失了，

陆秀夫随宋朝一起灭亡了，

新的国体新的民族冉冉升起。

说什么屈原之后再无士大夫，

说什么崖山之后再无中国，

中国已改天换地，

中国已脱胎换骨。

楚灭秦兴六国归一，

亡秦非楚倒果为因。

元亡明起各领风骚。

一方天日，

一个轮回，

屈原诗还在，

蒙元续尊孔。

上下五千年，

绵绵后来人。

清　明

一个肃穆庄重的祭日，
摩肩接踵的灵魂齐聚而来。
山火层燃冥纸飞飘，
哭号丧叫安魂定魄。
花圈上写满了人生的伟大，
哀乐中有绵绵的诉情，
这节日是个背信弃义的束装；
这祭奠藏着忘恩负义的伪善。
重耳啖了介子推的髀肉复生，
晋公子落难炊金馔玉起已忘伤灼，
焚林殒命却又故作悲情。
多少呼天抢地的人，
为人不孝，
为子不顺，
此番则以泪洗面。
祭祖帖拳拳浓浓，
背后掩刀胸揣阴鸷，
现则一展痛楚连连。
鲜花纸钱阴间的房车，

锦衣绵被金银细软，

堆成了山挖成了河。

披麻戴孝希图今世风水滴滴，

如丧考妣秀给他人眼帘。

将坟茔铲平，

先祖灰撒，

骨撒九天，

灵系日月。

点瓜种豆，

重耳焚毁的山林续再植被，

把破败的河山重整新颜。

清明要晴朗的天，

清明接明亮的雨，

清明要欢快地笑，

清明要成载歌载舞的节日。

母亲的海

　　母亲驾鹤西去后，我已将她的名字刻到了八大处佛祖舍利塔的功德碑上，因而我相信她会永生。丙申阳春，凝成诗句，歌以咏志。

母亲是海的女儿；

母亲是海鸥的后裔；

母亲是贝壳上的日月；

母亲是海上蒸腾的朝日；

母亲是划过天空的火烧云；

美丽的女神。

母亲在一阵烈焰中焚成了白骨，

化为了灰烬。

母亲在那刻成了沉入海底的涅槃，

母亲那刻回归到了她出生的岛屿，

母亲已成精灵在海上飞翔，

母亲同时也成了一座沉重的山。

母亲让我爱恨交织，

母亲让我百转回肠，

母亲与我在苦难中携手相随，

母亲的福荫庇护我成长。

我叛逆，

我孤傲，

我早恋，

我抵触，

我看她不让我看的书，

我唱她不让我唱的歌。

我同母亲不只在平静的港湾里。

我同母亲不止一次地争吵过，

我与母亲的指引背道而驰。

教育的失衡，

见识的僵化，

人性的扭曲，

视野的局限，

是母亲不由自主带来的。

对母亲不能只谈虚伪的爱，

对母亲不能只有甜腻腻的撒娇和悲情。

母亲也有爱之谬误，

母亲也有探之不明。

说什么儿不嫌母丑，

说什么母呼儿必应，

儿必嫌母丑才可修饰她装扮她，

美容她。

山河破碎沧海横流，

必要改造她才可获果实累累鱼跃欢腾。

母亲的过失，

必要有深刻的批判。

母亲与社会，

母爱与政治，

都有种种的误区。

离开母体，

最爱的是母亲，

最困惑的也是母亲，

我们的原罪也是从母体中带来的。

母亲的风帆，

在风急浪涌中依然会触礁。

现母亲已变成了海鸥海燕海风变成了精卫，

变成生命轮回的海洋生物。

花鸟鱼虫，

春光普照，

母亲已成一座塔。

母亲的名号已回响在佛祖舍利的回音壁中，

母亲的灵魂已成波塞冬座驾上的骑士。

我仍相信她活着，

我仍相信她就在我们中间，

她活在她出生的渔船里，

她活在她祈求过的天空中，

她活在我心灵的宇宙中，

她活在猎户星座与太阳系延伸的暗物质中。

尼普顿会让她六道轮回，

她会成为一南海观音，

她会成为一北海菩萨，

她在呢喃的展翅中保佑你，

她也在保佑那些苦难的人。

经过了九九八十一难，

突破层层的十重障，

我们将浴火重生。

我们的大爱将穿越九重天，

我们将抛弃掉那廉价的儿女情长哭哭啼啼，

我们的泪水是彩虹，

是飞架到天堂的神梯。

神梯连宇跨洋，

神灵涛声回响，

我们将在那里与母亲欢聚，

我们欲在彼岸与母亲重逢。

母亲的海。

生命的海。

梦断情人节

这节日没有鲜花，

没有巧克力，

没有鹊桥相会，

有单恋的痴情，

有无辜的囚犯。

双眼望着天空，

等待着死神的降临，

圣教徒的罪是爱的祭坛。

迎着克劳迪乌斯的剑刃，

双手举过善男信女的头顶，

祈祷越过心的海洋。

爱是如此地坚忍，

爱是磐石样的不摧。

牢房成密室，

书信诉衷情。

收起你的律令，

撕碎你的判决，

千百万的情人队伍向禁欲宣战。

因爱我们繁殖，

因爱我们醉酒，

因爱我们吟诗，

因爱我们弹琴。

我们都是罗密欧，

我们都是祝英台。

殉情是那么灿烂，

蹈海有无数鸟飞，

为爱去死一回幸福无边，

为情而奋争梦回伊甸园。

约会一个百年前的情人，

相拥一具古墓中的木乃伊。

把思念装进逆时针时光，

复活出西厢洞房，

再生开安娜的飘裙。

飞奔的骑士，

横溢的天纵之才，

只为赢得一寸芳心，

只想获得一丝媚笑。

决斗的枪口冒出了嫉恨的火药，

挣脱的私奔哪怕去当垆卖酒。

一寸玉体，

一抹酥胸，

精卵相合，

婴儿啼哭。

我们是生命，

我们是饮食男女，

我们在吸吮，

我们在狂奔。

我们为爱去吵吵闹闹，

我们为恋神魂颠倒。

今日消灭禁忌，

今夜推翻法律，

今宵的瓦伦丁将魂来。

爱神从天穹奔袭，

聆听圣教士的福音情书。

望雷达

脑子一片空白，心绪一团纷乱。

他是那么地昂然，

他是那么地激情，

足球化石，

德约科维奇达维登科和费德勒的球技。

他看得津津有味。

他言你懂什么？今晚我要熬夜看法网。

他打乒乓他去冬泳，

他俨然是一个运动健将。

他要强，不承认自己喘：

我喘什么了？我挺好！

文学的长夜终来到了清明时节。

从今不再彷徨了，

往后无追逐心绪了。

一切如死水般沉寂，

往事似苍穹样深邃。

现在人们来纪念吧！

梯田的沟壑有他深深的耕耘，

纷扰的文坛存在他理性的评析，

如山的书籍溢着他的眉批笔记。

序言评论手术刀式的剖析。

踌躇满志的文学之鹰，

失魂落魄的写作者，

已被他扭结在三要素的桥梁上。

他不掩饰自己的真情，

他去寻找着自己的初恋。

我相信有众多的作家忘不了他，

我知道他的风骨一直保持到了最终。

除了致敬，

还有什么呢？

一片哀思后，

秦腔的音调连绵起伏。

雷公雷达雷霆万钧之势，

已从天边渐渐消散，

惊蛰的震响过后，

山花烂漫盛开！

余　韵

一

多么和谐的字典，

多么悦耳的声音。

琴瑟如鼓、琴瑟和鸣、琴歌酒赋诉长天。

跨海的《思乡曲》渗透着离别的辛酸，

泣血的《梁祝》滚动起潮涌的恋情。

几何弧线上的飘逸，

弓弦之间的洒脱。

环形剧场里流浪着吉卜赛人，

星光间复活了莫扎特。

A 大调、e 小调，F 音阶的楼梯。

《生活的颤音》里奏响划破黑暗的闪烁。

二

他行走在莫斯科，

他踏足在柴可夫斯基身边。

他是青春，他是幻想，他是情人，

他的语言是月色中的鸟啼，

他的文字是春水中游弋的蝌蚪。

《渔舟唱晚》在诗意中回旋，

《圣母颂》让天籁之音降临，

《沉思》的马斯涅静卧在落霞旁。

灵动的手指划行在林间大道上，

击水的桨滑翔在波浪里。

三

我们举目无亲，

我们语言不通。

我亮出护照，我周游列国。

我用手势比画着，我书写着爬行的意念。

我听到了一首乐曲，

我在失明的天空里寻觅到了一个爱情故事。

现在他闭上了眼睛，

犹如演奏陶醉在恬静的小乐曲。

现在他长眠了，

恍若演出前在温煦休憩。

他仍在诉说着往事，

他有一个你我分不开的名字——

盛中国！

死亡诗社

俄罗斯的历史纪念碑，

十二月党人的叶甫根尼，

却因场荒唐的决斗饮恨毙命。

英雄的骑士，

马背上雄鹰，

翅膀飞向天空，

也在火药的喷射中倒下了。

列宁的歌手，

让磷光中的女人给熄灭。

他说我将永远年轻，

他言一只孤独的船，

他成了普希金的幽灵，

他在好的呼喊中告别了一个时代。

自白派的歌者，

用死亡诠释着最后的诗意。

韵律属于青青的舞步，

卧轨步安娜的后尘，

明天更美好，

明天就在那天空里。

谁是丹特斯？

谁叫马丁诺夫？

他们躲在墙角里结束了天才，

他们藏身旮旯中终蔫了不朽。

爱恋的莉莉亚拆毁了马雅可夫斯基的阶梯。

海子的宿命是谁？

海子的时代是虚幻的墙壁。

雷声震响过后归于沉寂，

屈原投向了汨罗江。

诗人注定心焦悲欣去，

诗魂必葬花下碾成泥。

吟咏者是错乱的梦呓，

放浪形骸一生，

拈花惹草一世，

诗句凝成了孽恋的血滴。

我的青春刚开始，

我的诗情正萌芽，

注进花季的湍流，

闯入二十三世纪的殿堂。

纪念碑，

祭奠灵，

都拆它个灰飞烟灭。

让诗运长久，

令死神蒙羞，

明天就是今日，

明朝永停止在初生。

鬼魂的欢歌

一

我是野鬼，

我是俏丽的白骨精，

我为貌美的狐狸仙。

我长得青面獠牙，

我脱生得张牙舞爪。

我娶了妩媚动人的白蛇，

我追梦着玉帝的妹妹。

哥布林从森林里走来，

敖桂英死不瞑目游逛在大街上。

我是鬼魅，我是妖孽，

我从地底钻行，我从墓穴爬出。

我想盛宴，我要饕餮，

我欲转世为女身投向相公的怀抱。

他身长八尺，他相貌昳丽，他人洁白皙，

他盈盈公府，他冉冉府中。

二

我是冤鬼，我是饿鬼，
我是贞子，我是河童。
我惨死在刺刀下，
我魂飞在炮火中，
我成阴间的勇士，我为地狱的貔貅。
我要申冤，我的诉状就是飘飞的冥纸。
烛光的鬼火在焚烧中送进我的涅槃，
花圈的缎带系到了我的脖颈上。
我被称为伟大，我给写上了不朽，
我已熔化成一方骨灰，
我已闯过了无数道鬼门关。
夜叉守着南天门，马面固防着北地线，
我们的鬼魂大军行进在长城内外。

三

今天的地狱之门已打开，
今天阴司之火已熄灭。
地府银行今将发放巨额奖金，
今宵人道天道都将通向天堂。
任你三十六罡围追堵截，
任你托塔李天王率十万天兵层层设防，
我们来了，我们的魂魄灵异都将成为天使。

端上你的美酒佳肴，送上你的瓜果梨桃，

王母的仙女今成我们的嫔妃。

鬼使神差传递着我们的情书，

《百鬼夜行》拨动着我们的筝曲，

鬼哭狼嚎是我们的《欢乐颂》。

今天是我们的节日，今天我们要阅兵，

今天我们鲜花纷呈，今天我们挽带飘飞。

今天妖魔要欢歌，今天要读《鬼魂奏鸣曲》，

今天音乐厅奏响奥芬巴赫《天国与地狱序曲》。

遥远的红柯

忘了何时拍下过他卷毛头下的面庞，

忘了哪月与他电话叙谈约稿。

忘了几日他浓重陕西话从笑脸里绽出。

他在西安他落脚宝鸡，

他讲课他写作，

他似躲在大咖的阴影下。

他还年轻，

他拨弄文字的手还可触月亮。

可他一声不吭就走了。

带去了莫合烟，

酿造着野啤酒花，

西去的骑手真去了极乐世界。

那一颗红日，

已落在遥远的天边。

一个自由主义者的死亡

他眼镜后面罩着一副娃娃脸，

他坦露率真的性情逗得凡世哈哈大笑，

他的嬉笑怒骂让正人君子如坐针毡。

牢房的窗口封锁不住他叛逆的思潮，

扯断的恋欲让他缠绕裙结。

他袒露着自己的裸体，他坦露着自己的思想；

他迷恋着女人的玉体，他独白着自由的文字。

无党派的人在党派中发射了催泪瓦斯闹场，

防毒面具让他罩上了另一副面孔。

李敖死了，

李敖病危了。

这噩耗传很久，

这噩梦是许多人期盼的。

他看着这布告，他听着这传闻，

他在这活见鬼中写了一本本的话说。

胡适的塑像他希望未名湖畔立起，

分离的两岸他盼早日吻合。

现他真去了，

他打开那心狱的牢房，

展望着自由的天空，

灵界中牛鬼蛇神去听他的演讲，

他是一个自由主义者。

……

那一天

那一天，

我看到一张大字报，

说是要打倒刘邓陶。

那一天，

我听到一篇社论，

说是他要复辟资本主义。

那一天，

我去听传达中央文件，

说是他犯事了倒霉了，

刮"右倾翻案风"了，

开钢铁公司了，

我记住了"两个凡是"，

我记住了两个禁区。

那一天，

是漫长的一天。

那一天，

我去看足球赛，

我忘记了球队，

我忘记了输赢，

我看见了一个特殊的球迷。

他在向我招手，

他在向我周围的人呼喊招手，

他在向足球招手。

足球旋转着撞动了另一个球形体。

他对法拉奇说，

"文化人革命"是错误的。

他对华莱士言，

我抽烟的坏毛病很难改掉。

他在《时代》周刊封面上，

被称为一个崭新中国的梦想者。

那一天，

我阅读了一本"毒草"小说，

我聆听了一曲"封资修"的音乐，

我看了一部"叛徒特务"和"右派"的电影，

我画上了鲁智深的大花脸，

我爱上了林道静和玛莉莲·梦露，

我问电视机里今天演什么热门剧，

我看冰箱里还有什么吃的。

你买车吗？

你买房吗？

你想出国旅游吗？

你敢骂一个权势无边的贪官；

你敢和一个违法的警察去打官司；

从哥德巴赫猜想到神舟飞船的导轨；

你敢狂妄地认为自己也能去飞上月球。

那一天，

我们到广场去游行，

我们打出了横幅，

我们说，

你好！

韩四小

混浊的眼睛分不清黑白，
军便帽下压着酒精燃烧的脸。
他蛰伏在楼房的拐角处，
他晒在阳光下摆弄着他的鞋摊。
女人的高根咯咯甩到他面前，
男士的翻毛夹着汗臭扑到眼下。
船形的男靴尖笋的金莲套到锹上，
嘴叼着鞋钉手锤飞舞，
橡胶底马蹄掌一并揳入。
钉完了，他拿起鞋抻着鞋带转圈，眼笑开了花。
他的手艺精，他的手劲强，
他能制出新鞋，
他可刷新道路。
可他醉了，
他丢了鞋，他丢了魂。
修帮的人来找他算账，
外底不见的街坊呵斥声连连。
秋风中他被吹走了，
吵闹里没了他的身影。

他叫韩四小，

他杀过五个鬼子，

他曾是傅作义的兵。

教师的节

曾经的"臭老九"，

曾经的"封资修"，

"造反"皮鞭下的冤魂，

"红袖章"里无情的揪斗。

斯文被撕在地上，

师尊给踏至足下。

声讨牛顿，

焚毁雪莱，

用样板戏消灭贝多芬，

让龙江水冲走梅兰芳。

孔子　武训，

老庄　百家，

卷进烈焰，

赶至炼狱。

坍塌的水木清华，

沉尸的未名湖畔，

兴奋狂热的面孔涌向广场。

扔掉书本的欢乐，

虐待名师的快感，

有你有我，

有无知无耻的我们，

有沉沦奋发抗争的一代。

断层中的哀号，

愚氓边的渴求。

天怎是圆的？

地何是动的？

因式分解与《古文观止》。

怎算　怎读？

毒草如何吃？

解药怎样用？

失神的眼光无助向旷野。

他们来了，

他们从死魂灵中复活，

他们从死人堆里走出。

他们是教师，

他们是脊梁，

他们是道路。

他们是桥梁

有了教授，

有了博士，

有了学科，

出了名著，

解剖了爱因斯坦。

您的小学生，

您的大中学子，

组好汉字，

码齐数值。

中英对照，

中法对比，

留德留美，

智慧的大军浩浩荡荡。

那些紫衣，

那些蓝衫，

向教师致敬，

向教学楼致敬，

向教室桌椅，

向餐厅楼梯间的，

白发教授，

眼镜中的博导，

乡村女教师，

夜校中新来的教员，

钢琴课，

绘画班，

致敬！

9月10号的节日，

9月第十天的假日。

初夏的蝉声

仓颉造出了汉字，意象的翅膀上下飞动。

诗句吟出了韵腔，平平仄仄平又仄。

上声去声唇齿吐出。

我提笔忘字，我五音不全。

广东话我听不懂，闽南语我辨不清。

厚重的《康熙字典》，繁絮的甲骨笔画，

记载着历史，复制着人生，

一片片竹简刮青出《尚书》《毛诗》。

簧门的首领阴错阳差出走板的荒腔，

鸿鹄的志向从蓝天跌落。

南飞的大雁迷失了方向，起舞的天鹅乱了方寸。

学子啾鸣，医治颚骨里的舌音，

飞翔的鸟儿发出错觉的警号。

拼音的声韵母在噪音的广播中已被窒息，

二十六个部队的番号早给拆散。

儿时的课堂，咿呀学语的龋齿，

已无图标的点示。

百多年前，有人要废除汉字，

明治年间，日国要脱亚入欧。

汉字要挣脱捆绑的枷锁，

笔画欲走出重叠的大门。

拨泼摸佛，得特呢勒，南北一炉。

你的湖南辣，你的四川麻，

你的山西醋，你的山东枣。

陕西的肉夹馍咬出风雅颂，

京腔京味弹起了三弦琴。

未名湖畔，博雅塔下，

青鸟唱起了歌，柳絮飘过了桥，

初夏的蝉声树枝上缠绕。

女人的天空

她们主宰着宇宙，

她们诞生在爱的星空，

她们去补天。

她们拥有着的沉鱼落雁的羞涩，

她们占据着飞虹落霞的美丽。

她们在受难，

她们在悲鸣，

她们孕育着欢乐与痛楚。

圣女贞德在烈焰中拯救众生；

林昭张志新从刀口下昂起不屈的头颅。

她们被凌辱　她们遭摧残，

慰安妇剪断罪恶的脐带。

卓娅让整支德军覆灭，

赵一曼笑看旌旗，

她们都有过爱情的结晶；

她们都憧憬着热恋的时光。

向前进，

娘子军的怨仇深。

向远去，

妇女撕开了半边天，

为何为什么，

生命的密码让航天员永生女孩？

她们诞生在这星际间，

她们是宇宙的母亲。

她们主宰着宇宙，

她们诞生在星空。

域外之声

板门店

一

钢盔下的眼睛藏在墨镜中，
双星的中尉警惕着窗内的人影。
杂货铺的谈判桌分界乾坤，
小饭店光顾良臣猛将。
板门阁遥对自由之家，统一楼映照和平居所。
韩服与朝裙飘舞，对峙的枪声余声阵阵。
弹丸之地是世界的战场，方寸咫尺开天辟地。
取经了七十多年，迈过了这一步，
跋涉了十三载，手从窗口伸出。
原子的裂变，聚合出量子的互动。
欢情的盛会，彩球纷飞。

二

月牙的半岛，总在盈亏圆缺。
朝日的天空，踏来倭兵的践踏。
安重根拔出复仇的勃朗宁手枪；

尹奉吉在誓言后掷出雪耻的炸弹。

血与火划过昭和的日落，

三八线割断了爱的欢欣，

战火的硝烟染黑了白衣。

分离的苦难江水滔滔，

割断的亲情怨恨丛生。

帽带头旋，长鼓翩翩，

歌声越海，舒袖望向镜台。

三

青瓦台议事万寿台；

汉拿山登临白头峰；

卖花的姑娘唱响手拉手；

少女时代欢跳换装的旋律。

这一步是登月的跳跃，

那一刻要弥合裂痕，

素服的同胞纯净朝天云，

木积的小店可擎起高楼大厦，

隔绝的铺面能成共同的凯旋门。

板门店，敞开你的胸怀，

唱响你的阿里郎，

再现出你古老的风貌。

四

板门店有一扇门；板门店有一牖窗。

门卡着地狱的入口，窗守着伊甸园的阳光。

板门店里有一张桌，桌上冥动着鬼魂的嘶喊。

从鸭绿江到汉江两岸，从平壤至首尔，

半个世界的角斗士，在沙盘上你争我夺。

逼近釜山的人民军欢呼雀跃；

登陆仁川的驱逐舰兵过海滩。

五

分裂的民族，蹂躏在悲愤的呼号中，

血色的黄昏，吞没在三八线旁。

板门店你钉上了门窗，你开起了商铺。

你的客人唇枪舌剑，你的餐桌刀叉飞舞，

上甘岭的烤肉，松骨峰的牛排，

无情的绞肉机，碾碎了一层层肉饼。

六

冷战的眼睛从窗口向外观望，

饥渴的恋心在赞歌声中传递。

突破三八线，去拥抱一个至爱，

越过北纬度，春香的冤情欲重申；

跨过分界线，割断的时间分秒亲吻。
板门店，你的店员迎来期盼的宾客；
金刚山，你的山道走来了同胞的兄弟。
世界的舞台可在这狭小的店铺拉开帷幕，
悖谬的人生穿过沙川河畔的黑洞。
板门店，要出售和平的名片，
板门店，要成烧烤冷面的餐厅。

七

是谁让我们变成你我？
是何人将一块生日蛋糕分割开来？
柏林墙横碾过日耳曼的筋骨，
贤良江穿过京族的血脉，
远望的海岛飘起弥漫的阴霾；
小屋的瞭望口架起了机枪。
灯红酒绿的南方，严阵以待的北方。

八

一条大河，一座高山，
铁丝网，地雷阵，构成肢体的切割。
投奔过去，衣衫撕扯在刺刀尖上，
翻越过来，子弹追踪在脊梁骨侧。
死亡在逃生中醒来，渴求从冥想中沉睡。

板门店的窗口暌隔着两个天地，

窗外大雪纷飞，窗内冷暖寒春。

跨过庙宇的门槛，迈出水泥的界礅，

天是一样的天，水属同一源头。

天旋地转，潮汐去还，

板门店坐下两个人，板门店休栖来两只鸟，

板门店有两个世界在促膝谈心。

达·芬奇之光

一

莫尔斯的电报把数字变成文字，
达·芬奇将字母演绎成了人的化身。
筒状的密码粘在他的胡子上，
神秘镌刻在他的皱褶中。
蒙娜丽莎鬼魅微笑重叠着伊甸园的梦幻，
晚餐的最后时辰隐藏着层层杀气。
那些斑点，那些油彩，那些脱落，
渗透着无穷尽魔块的分解。
他有一把手术刀，
他将人的五脏六腑全都扯了出来。
他是一个吸血鬼，
肌肉的纹理被他分割切细。
他在吸吮，他在饕餮，
骨骼的支架搭起了他的穹顶。

二

当那线条从光影中垂落下来，
雍容的贵妇被淫欲的鬼怪环伺着，
圣婴在温存的怀抱中。
那丝柔情、那些爱恋，
在污泥浊水中盛开着圣洁。
罗马的街道，佛罗伦萨的窄巷，
要奔行着他的摩托化近卫旅，
火箭炮欲装备破土出的恺撒军团。
手抓住朝霞光束让太阳能聚集。
人体的十字锤，黄金分线的切割，
潜水艇从他大脑的魔窟中潜出。
液体的压力让他如鸟儿飞上了天，
月亮的反光越过哥白尼的日心纪年。

三

我钻进过他的坦克，
我从这装甲的窗口向外射击，
陀螺样的战车是天上的飞碟。
他在建一座桥，他在盖一个宫殿，
机器人从他的桥上走过，
机械手在他的宫殿中上下触摸。
我怀疑他是人类，

我相信他为神降。

他是岩间圣母的私生子，

他目睹过耶稣复活的时刻。

画在手心捏成了碎片，人变形成了海，

他死在过去，他生活在今天。

他叫列奥纳多，

他把达·芬奇密码破解到了木米。

复活的梵高

——观影片《至爱梵高》有感

一

他的死是那样地漫长，

他的活是如此地短暂。

耳朵贴在稻草间，鲜血凝成了油彩的涂抹。

他在黑泽明的《梦》中穿行于黄色的版块中，

阿尔芒要把他死亡的戳印盖到记忆的天空上。

一个男孩踏在海滩上看不清眉眼，褐色的笔触唤来了灵动。

吃土豆的人围聚在昏暗的灯光下面影抖颤，

鸢尾花绽放在地球的弧线上，星月夜闪烁出他的灵魂出窍，

宇宙间倾泻着他流淌的胃液。

他想诉说，他欲呼喊，他徜徉在铁塔下寻找着天堂的阶梯。

二

在阿尔的吊桥上他看着乌云笼罩下的麦田，

太阳煮沸的橘黄成了他烤制面包的粉团。

灼烫的画笔烙铁样在画布上抹动，

火在燃烧，水在流动，

黏稠样的岩浆钙化质地在流动，
他把岩浆搅拌成七彩湖泊。
湖泊成麦田上的调色板，
画笔是松柏的油脂，
蓝天在树枝上划过，
乌鸦飞过城堡的尘顶。

三

他是这样的侧面，他是那样地转身。
扭过四十度的角，展开三十弦的面。
夹角中的脖颈挺立着瘦小的脑袋，
他眉头紧锁着，他眼睛斜射着，
他冷对着纷扰的人世和欺骗，
棉帽掩着割去耳朵的绷带。
痛苦中的挣扎，挣扎中的死亡，
推开了窗外辉煌的金色，他复活了。
他的画作挥洒出了时空的跃动，他睡醒了。
他坐进咖啡馆里，他的向日葵旋转在太阳的轨道上。

北京天空中的西班牙双星

一

达利的小胡子翘到了天上，
达利的眼神翻转了日月。
那色彩从阴间流出，
那只麻雀飞到了头顶。
沁园的春雪给了他以灵感，
柳亚子的诗让他对位出了人体挣扎的欢乐。
敏感的词从他奇怪的脑子里蹦跳而出，
这遥远的中国元素，
这隔膜的东方诗人，
竟交织在了他的脑海中。

二

惊恐的眼神悬挂在毕加索的脑垂体前，
他想当中国的书法家，
他扯开吴道子的神仙线条，
他的书法行云流水在《亚威农少女》的欢舞中。

梦里的中国有浓重的水墨，

意境中的风雅颂将和平鸽的翅膀掀起。

挥毫的瞬间点画出齐白石虾的异种，

戴帽子的男人行走在山水泼墨的拼贴中。

他是纸上的斗牛士，

他把斗牛士肢解成天上的精灵。

三

战争让他们思想产生了变异，

战争把他们的田园扭曲走了形。

战争的硝烟错开双重女人的面孔，

格尔尼卡的惨叫，

纳粹铁蹄的蹂躏，

妇女的呼号，羸弱儿童畸形的身躯，

让内战的预感撕裂在天空，

把记忆的永恒流淌在树梢。

原子的裂变膨胀出了燃烧的灵感，

伊卡洛斯坠落在联合国大厦。

卡斯特罗与我们

生在富人之家，

仍然去要闹革命。

潜入丛林，

举枪起义成大业，

嘴叼雪茄当硬汉。

猪湾激战的一个勇士，

大国博弈的一枚棋子。

后院放火，

令美不安。

依附赫鲁晓夫，

制造导弹危机。

挺靠苏军，

侵占格林纳达。

东邪西毒，

步越兵后尘。

顶住强权不畏重压，

反抗渗透，

屡遭暗算，

成金刚不败之身；

叹无力回天难兄难弟皆命归黄泉。

苏维埃解体失去靠山，

死扛硬顶苦撑危局。

三十年河东三十年河西。

我们唱哈瓦那的情歌，

我们吃过古巴的黑糖，

曼陀罗奏出心中的向往。

他永远一身的军服，

他大胡子下的面孔时刻呼喊着反抗的口号。

他去了，

他成了，

一个孤独的罗宾汉。

伟大的科尔

一个一百二十公斤的胖子，

一副眼镜下公司总裁的脸，

一种大智若愚的风范。

他抵御住"不"的拒绝，

他步上基民盟的峰巅，

与敌方挽起了手。

撕裂了森严的柏林墙，

扯断了荆棘的铁丝网，

欢乐颂的呼喊从他手中的和平鸽飞向统一的德意志。

不明资金的缠绕让他失去了总理宝座，

他不说不言。

他忍辱负重任凭继任者割裂，

高大的躯体在挺立，

迷津中的智慧坚守承诺。

东德来的默克尔举起了他的旗帜，

复兴的日耳曼已阔步向前，

分裂的柏林整合成一体，

统一的欧洲在勃兰登堡门里迸射。

他安卧在教堂中，

他成莱茵河畔的一个标志。
艰难纷争的一代伟人，
历史机遇选择出的宠儿，
东方的分裂，
隔海的对峙，
可有这样的智慧？
可存如此的远见？
海顿的旋律在展翅，
冠军的球员射穿凯旋门，
黑红金的光荣，
统一正义和自由。
古老而高贵的名声，
融进了他的历史。

致英拉

你的美丽打动了政坛的冰砖，

你的柔情扯平了红黄对立的颜色。

军人的践踏已成轮回；

一个将官下去了，

又一颗将星从平民的肩肘中闪出。

他们持枪，

他们戒严，

他们威风凛凛，

他们挺戈立马，

红黄蓝绿皆被他们辗轧。

大米滞销，

农民哀叹，

伸出援手，

今成人罪。

什么法律审判，

什么弹劾罢免，

民主的选票已撕雪片，

民意的诉求已降冰雹，

自由的意志逼向逃亡。

梅州的女儿，

塔下村的骄傲。

我的世界，

我的袍泽，

我沦落天涯的难兄难妹，

在压迫中流浪。

在黑暗里探寻晨曦，

离别与重逢交织，

红衫的旗帜等风吹动，

底层的火山涌动喷发。

穿上布衣，

踏进草屋，

四面神佑护，

刀枪入鞘，

佛光普照。

人类奇迹诗三首

奇迹踩在脚下

一

我们生活在这蓝色的星球上，
我们的染色体平行移位在灵长类的丝粒中。
魂灵绕行在每一个细胞里聚集消长；
神圣的力量将我们托举到迷茫的空间，
脱开牛顿引力，我们飘浮在电离层前。
中东枢纽，求生人群烤着战火中的食馕，
非洲一角，难民拥挤在部落的帐篷长廊。
宫殿里的宾朋君臣，美馔佳肴，醇酒飘酿，
银座中灯火闪烁，枭鳖脍鲤，锦衣华裘。
我们娇宠的身躯，弱不禁风，无病呻吟，
我们矫情的哀叹，长吁短气，对酒当歌。

二

瘟疫横行，黑死病泛滥，充饥的草根树皮，
枪弹横飞，死里逃生，面对食不果腹的年轮。
奔向逃亡的大道，险过湍急的潜流，

挣扎的苦渡，遍野的饿殍，

防毒面具罩在索姆河会战士兵的脸上。

最后一声为救命，临终一丝为求生。

食物链缠绕身上，肿胀的毛细血管分泌着鼻液，

古怪的乙酰氨基酚圆片与青蒿素的分子式，

拯救着你，拯救着我，拯救着我们的世界。

活着的雪松，活着的熊猫，活着的蚂蚁，

活生生的生物物种——人！

三

当脊椎骨断了的里克·汉森，

用轮椅绕遍世界，

奔行在残奥会赛场上；

当黑暗掠过海伦·凯勒的天空，

雷鸣已被隔绝在石器贝壳，

视听的风暴从哈佛的校门刮出；

当知觉已无，蜷缩在呓语中的霍金，

贪吃着宇宙的水果拼盘；

当从废墟里腾空而起的廖智，

残缺的肢体燃烧起火鸟烈焰，

智人的力量已撑开了重生的大门。

上班是这样的坚不可摧，

劳动是如此的战无不胜。

四

越过长江，穿过大河，

海洋堆积出了珠穆朗玛峰。

登上长城，飞出关隘，

2018 年 5 月 14 日，光耀的 10 点 40 分定时。

一个同鲨鱼搏斗失去双腿的渔夫，

一个横渡过喜马拉雅海峡的水手，

一个与共和国同龄的华夏村人，

把奇迹踩在了脚下，用假肢旋起了环舞。

挚恋的夏伯渝，闯进了五天女的宫室，

凌云的登顶志，唤醒了沉睡的脑垂体。

那一刻，注销了死亡的告示，

那一时，有了新的人类史诗。

欢呼吧！这是生命的转折点，

歌唱吧！这成诞生的纪念碑。

一部影片的再现

一

航班拖曳着泥石流，
火焰扑向天空；
生死瞬间带来悬浮的残酷。
裂缝寒气让富婆成沓的支票痛哭，
乘务员命系阴阳两隔的乘客。
这一切似又重现，
那一刻从银幕若来眼前。

二

川航 3U8633，
空客 5 月 14 日，
灾难片在眼前上映。
爆裂的风挡玻璃吞进云团；
外壳板的罅隙死神涌动。
副驾驶吸出窗外命悬一线，
瓦连京出舱冻伤仍舍身前行。

三

沉着的机长，超强的心理承受。
刘传健如安德烈不动声色，
安德烈让刘传健再现传说。
飞机解体，乘客绝处逢生；
温控失灵，备降功败垂成。
濒危的病人从担架上蹦跳了起来，
拯救的魂灵颂歌着夹缝中的欢乐。

四

塔台传来了指令，
地勤敲响了警铃。
乘客中盛开着空姐的微笑，
大气层横渡着人的江山多娇。
安德烈要卸掉飞翔的马掌，
刘传健还将起降三万八千个小时。
返航机场，落地川渝，去看场电影吧！
那电影的名叫《机组乘务员》。

熔化的太阳

我去采蘑菇，

登上了富士山，

钻进了原始森林。

这蘑菇高耸入云，

这森林铺天盖地。

在广岛与长崎的闪光中，

一个幽灵在飘荡。

大地被吞噬进去，

铁塔给熔化净尽。

铀 235　环 239，

裂变的地狱　辐射的魔窟，

没有生灵可逃脱，

游丝的呼吸已窒息，

穿行的骨肉早分离。

树上挂着头颅，

窗牖粘着猫皮，

灰烬炭火中有生命的染色体。

有一座火山口喷吐出了硫黄与人形，

火狱中滚动出垂死的挣脱。

山口那津男的前辈，

穿过了时光隧道。

他活着，

假如有奇迹，他就是奇迹！

苟且偷生在冲击波中，

他宁可成为裂变的叛国者。

撬开的地狱之门已被关闭，

生命之钟震响求生的天堑。

强光迸射出了神的复活，

熔化的太阳让海水洗涤。

人世的终极已上下轮回，

死亡的通行证早注销。

小男孩你睡吧，

横胖子你相扑去吧！

活着就将继续。

情丝一束

穿越时空的回归

天籁之音被蒙蔽，

天垂之智遭蒙羞，

天纵之才给扭曲，

天降大任轻遗弃。

千年万载的时空，

雷电天开，

云散雾去。

这心灵的阴霾，

这思想的荡涤。

一切如尘埃烟去，

一切若流星划过，

只有天马行空在，

只有仁义君子正。

穿越黑暗的心狱，

跨过谬误的河流，

克己复礼，迎来普天光照，

尊五美，屏四恶，

唤回纯正人性。

乾坤流转，

日月风行，
三十年河东，
三十年河西，
融西学政经，
化天地精髓，
披星戴月，
人间正道是沧桑。

潮白河畔袭花香

花从心中开，
袭香风吹过，
云遮影枝颤，
落红芳菲劲，
人醉情依然。
数不尽千苞争芳艳，
看不倦万朵彩云归。
心香船涌荷，
风吹霓裳舞。
菊品茶寸断，
醇酒妇人来。
小乔谢公挽手至，
万花一泻溪两岸。
溪两岸，山涌动，
醉卧花丛人自眠。
蜂蝶翩吮花骄泪。
花骄泪，人思归，
归至姹紫嫣红，
归至暗香疏影。

谁恋春兰秋菊，

谁能蟾宫折桂。

月影摇江树，

水平落翠微。

洞房花烛夜、

桂馥兰香散。

那年花季动，

那年花羞月。

繁花似锦人似潮。

春天啊，你慢些来吧！

春天啊，你慢些来吧！
那精灵的雾霜我尚未见到，
那枝蔓的结晶难寻润色；
沉积的冰凌融在了雾霾的岩石旁。
我想让脚印拓在压模的雪色上，
我渴望漫天的梅花缤纷飘散。
故宫的银装早被剥去，
远眺的景山烟尘抖动。
四方尽染寒英，
此处望天长叹。
春天啊，你慢些来吧！
我想去踏雪寻梅，
我欲堆一个雪人，打一场雪仗，
让冰刀划出一个弧线，
让雪橇飞滑下山。
春天啊，你慢些来吧！
我要去见山林里雪压的木屋，
我翻滚在皑皑的丘壑旁。
扫雪的快乐，清爽的呼吸，伞下的欢笑。

冻僵的手指搓出血色，火炉旁温酒畅饮。

笑出了眼泪，呵起了霜气，帽檐眉毛成了林海雪原。

春天啊，你慢些来吧！

我的冬季已被你吞噬，

我的童话让尔剥夺。

我憎恨你的惨忍，

我控诉你的春风早至，

我厌烦你繁花似锦的招摇。

我寻觅寒冷，我追梦白雪公主。

春天啊，你慢些来吧！

你的颂诗太多，你的谀词盛隽。

你招摇过市，你被艳丽装扮，

你是宠儿，你是爱妾，

你的拥抱已夺去我的爱心。

春天啊，你慢些来吧！

三月的雨雪

藏天的雪已化成雨，

酒醺的仙醉从天降。

天的誓言洗却了尘埃，

阴霾终要消散，树枝定将发绿。

雪在斜线垂柳，街道行人匆匆。

憋闷的青空尽情地倾泻，

楼层的窗棂渗过水珠。

久旱的心田浇灌进新生的甘露。

六角形的凝结划过棱角的伞顶，

伞下的人影溢在水中。

角楼的牌匾涂上了亮色。

新年的钟声还在延续，

新潮的花朵雨中盛开。

冬令的吝啬，春风的奢侈，颠倒的季节。

干渴的畅饮，困乏的振醒，

那条路还有多远？

那驿站还有多深？

雪色的王国有童话的传说，

化风的雨水可滋润田禾，

欢笑的雪，奔跑的雨。

祖国在何处

太白星座旁有祖国的诗句，

珠峰的顶端有祖国的身姿，

久远的古墓群中有祖国的悲鸣。

古化石　三叶虫　地壳挤压　板块漂移，

祖国在涌动。

恐龙踏足过来，

侏罗纪崩散过去。

孔子的祖国，

老庄的家园，

墨子号今去探天。

秦皇的地宫有祖国的血泪与辉煌；

李杜的诗章把祖国写在纪念碑中。

祖国在血泊中，

祖国在杀戮间，

祖国的版图在烈焰里烧制而成。

愚民　智者。

强权　英雄。

祖国在浴火中荡涤冶炼。

祖国的河水曾浸透血色。

我是祖国的基因，

我是祖国的细胞，

我的染色体在黄河中冲刷，

我的脑皮层横跨过了长江。

中古　盘古　亘古，

甲壳虫从长城边的杂草中拱出。

蠕蛇盘虬在兴安岭的栎树干，

我缠绕着蛇身豹皮破土而吟，

我杀进了地宫，

我闯入了兵马俑的行列。

秦皇的马队迎接着我，

远征军的魂魄唤我去会战。

我赢得祖国　我拥有了祖国，

我横刀立马劈开了衰朽的腐门，

祖国奔向了海洋，

祖国飞向了天空，

祖国的疆土已达九百六十万光年。

今天是祖国的一页。

祖国掀心的海洋，

祖国涌脑的波涛，

《永乐大典》的残片记载着祖国的生日，

甲骨文的遗字镌刻着祖国的诞辰，

去南极，进北冰洋，

我的祖国分布在各个角落。

每一族群里皆有我的面孔，

每一冻土层埋着我的呼吸，

沉睡下去，苏醒过来，

祖国的朝日已从未来升起！

惜九寨沟

翠海　彩林　连天的水帘，
突被撕碎，
突给裂污。
火花海清澈水底的神木，
珍珠滩袅娜的体姿，
映照云翳的镜湖，
霓裳起舞的五彩池，
落入了地藏的边沿。
仙女被蹂躏，
甘泉给截断，
垂垂的玉珠，
层林尽染的诗意，
化为决绝的情场。
蛇魔扎劫走了沃诺色嫫，
达戈怒吼着与之决斗，
搅动了山川河流。
血水秽浊了格桑公主的脸，
婚礼的美酒搅进了毒液的泥沙，
新娘的头盖让巨石击碎。

飞瀑成哭泣的眼泪，

金铃摇出悲鸣的哀叹，

残山剩水，

苦海劫波，

随烟散，

随尘去。

西南震，

西北摇，

珍珠散地，

犀牛被屠。

岩镜碎裂，

芦苇根拔，

九寨沟在喘息。

九头鸟在盘旋。

粉黛妆扮钗头凤，

重整河山待后生。

古镇秋月

我们行走在地球上，
我们奔跑在月亮湾。
月亮被撕成了两半，
一半挂到了树梢边，
一半贴到了窗棂旁。
树梢抖动　月色满天。
窗棂推开　秋水泛波：
素娥在涟漪中笑　兔在塔檐后藏，
人行冰远去　云飞轮消散。
斗拱浮出金蟾　弯桥泻起玉环；
船廓隐灯火　人观贵妃醉；
醉的青石斜长的影，
醺的长城缀上繁星索。
琴音中戏装飘起，
豆汁里盛满乡音。
街的恍惚，
二十八房宿的迷离，
桂魄尚未圆收　寸尺椭镜斜照。
幢幢光色　重重氤氲，
清明上河渐消遁。

十月情歌

九月，

来不及休整，

就已在每个窗口，

露出了困乏的倦容。

窗外，

是谁在唱？

是谁在跳？

是谁在敲击着梦的鼓面？

是十月。

是十月。

是十月的足音从远处传来。

为什么？

为什么有这么多的诗情？

挣脱了你我，

像纷飞的鸽群，

从雪白的琴键上，

弹过去。

为什么，

有那么多的希望？

像夜色中的五彩灯，

恍惚在昕的梦境中。

迎着秋风吐出一串串，

丰收的，

葡萄。

十五的月亮，

落在了怀中。

是十月。

是十月。

太阳托着天空，

丛林披着夜色，

是十月。

是十月。

灿烂的阳光，

纷飞的花瓣。

去唱去跳，

去到远方吟诗作画。

去到心的世界里沉思默想。

一抬头，

一托颌，

不是谁，

不为什么，

我们本来就是诗的后代，

龙的传人。

六一抒怀

一

大鼻子的安徒生睡在天鹅蛋里，
浪漫的白雪公主养育了格林兄弟。
铁臂阿童木成了我的生命密码，
宝葫芦里跳出了纷呈的财宝。
躁动的唐老鸭追逐着光头强，
翻跟头的孙猴子登上悟空号火箭。
安卧在童话里幸福无边，
睡在拇指姑娘怀中梦长甜。
生活的警笛将童年的幻想切断，
功课的指南把儿戏敲散。

二

少不读《水浒》的深沉，
老不看《三国》的深刻。
少年成了兵，
豆蔻组建了童子军。

最后一刻格林兄弟已上战场，
稚嫩的脸庞从钢盔下浮上战火的烟尘。
王二小去送鸡毛信，
红缨枪在儿童团手中抓紧。
受阅的军服裁剪成另一支学童日军，
前沿的战斗将奶嘴变成了冲锋号。
伊万与潘东子让血性燃烧，
小兵张嘎出没在白洋淀。

三

花朵，花季。
童年，童话。
克拉萨让《布伦巴迪》在集中营奏响，
曼陀罗从铁窗口弹指。
最伟大的作家在毒气室相拥着孩子殉难，
不朽的名著是海滩边的美人鱼。
利迪策惨案成了今天的节日。
我看见，
那个留小胡子的狂人也有一张天真的百岁照，
我找到，
这个杀人的元首也曾嵌着一双无邪的眼睛。
他是所有开裆裤中的一个，
他是所有父母宝贝里的一员，
但把所有的烂漫织成了人皮肥皂。

火焰焚毁了他的迷梦，
童年回归了人间。

四

似乎还未终结，
仿佛仍是噩梦。
海滩上冲来叙利亚难童抱着玩具的尸体，
战火中蜷缩在父亲怀中哭叫的比利亚。
逃难的罗兴亚孩童，
流离的巴勒斯坦小腓力斯丁人。
填满母子衣襟的人体炸弹，
装进稚气的仇恨，
撞向地狱，撞进天堂？
零碎的尸骨化为齑粉，
弱小的呼吸窒息斩断。
垮塌的校舍悲情呼号，
街头拐卖失踪的小小。
空巢的老幼，
期待的流浪。

五

你怀孕了，尔妊娠了，
十月怀胎敲击母腹的蠕动。

男性比得斯，女婴叶琳琅。

还有张王李赵，

还有赵钱孙李。

欧罗巴的彼得，

拉美裔的费尔南多，

黑非洲的玛尼亚。

还有一个个卷毛头的混血儿。

时光在哈里·波特的逐梦中，

幻想在侏罗纪公园的畅想里。

星星是学前班的驿站，

月亮是幼儿园的登陆点。

父亲的接班人，母亲的再生者，

鲜花的节日在远山的呼唤中。

我就是李白

我就是李白。

我想像他那样髯口柳絮，

帽带飘飞。

我就是李白。

我登上敬亭山顶，

滑向黄河。

我就是李白。

我穿过天姥山迷雾，

邀谢灵运明月举杯。

我就是李白，

我云游四方，

我足踏山川，

我成酒仙，

我当醉神。

我放浪形骸，

我疯疯颠颠，

我呓语连篇，

我成泥土中的诗碑。

我就是李白，

我是今人的梦，

我是唐宋的魂。

我去李白没去过的地方，

我走李白踏不到的山顶，

你的天还狭小，

你的地尚未阔，

我已飞到了你头顶，

我已触摸到日月星辰的脸。

我就是李白，

我邀杜甫，

我携王勃，

我登上幽州台阶。

我就是李白。

我是你破壳的恐龙，

我是骷髅白骨的再生，

你死了千年，

我活了万世。

我就是李白。

我是你诗的遗魂，

我是你鬼神的舞者，

我是天地万物落叶，

翻滚在你的足迹上。

周末游敬亭山

纵的绿，

横的黄，

陡起的山，

仰望的亭。

亭中有仙，

仙里藏岫。

诗衣临风飘起，

凝眉云中泼墨。

茶格写龙文，

夜接霓阁闪，

玉真展俏颜，

地碑活丽女。

路衔真神庙，

真神迤逦密山田。

人如影，

帽似蝶，

人蝶欢飞，

河川曲回。

有白蛇，

有许仙，
伫立湖沿，
静影沉璧。
映出了天，
映见了云，
如织，
如绣，
如虫，
如梦翅。
只想月，
只想化，
腾化而去，
成一缕晨曦。

咏春天诗二首

把春天咬在嘴里

一顿饕餮大餐，
一杯倾天美酒。
太阳的月饼被噬嗑一口，
嫦娥的秀色遮上了红盖头。
天轮弯弓成了饺子，
地气折叠出了春卷。
春卷咬在嘴里，
饺子沸腾而立。
春天在嘴边咀嚼，
春风仰鼻息欢笑。
漫长的冬令，难熬的岁月，
无雪的干渴，催命的流云。
天国的盛宴酒阑人散，
人间的筵桌上苍叹赞。
接春咬春，春雷滚动震响星辰，
鸟飞鸟欢，枝鲜花艳歌成绝唱。
谷雨的甘露洒进心田，

萌醒的物种迤逦星点。
坟茔的冻土已茁出青草，
踏青的芥苗迎来春早。

春之声

1

春天悄然而至，
春信潜上窗纸，
春花盛开在夜空。
朔风咬食了太阳，
寒冬吞噬了月亮，
春潮让日月合璧。
春联画上了眉批，
春风度过了鬼门关。
烟花红袖联珠，
春意吹过本初子午线。
春分将去醉酒，
新符新衣新的面具，
旧人旧事旧日时区。
夜半的歌声，
拂晓的时辰，
醺然的天穹半壁而至。
万木在复苏，

千山欲奔出。

春姑要浓妆艳抹,

春哥扬花疾奔波。

2

空旷的都市,

流散的城池。

空气中弥漫着年味,

琉璃瓦上浮光着铭文。

狻猊仰天呼啸,

螭吻顶日鸣叫。

落叶已风卷而去,

树云担枝鸣曲。

黄鹂杜鹃颐园啾鸣,

雨燕蓝鹊庭院穿壁。

春天的脚步匆匆,

春天的锣鼓频频。

狮子舞上了天顶,

灯火照穿了街亭。

彩链辉映着繁星,

繁星散落下来,

繁星盛开出金达莱。

春情春城春交春欢春眠不觉晓,

人来人往人梦人喜风声谈笑。

春春春。

流淌的雨城

雨丝，雾中轻拂。

气韵，山色中缭绕。

细莺　润声　竹叶，

远村沉色中迷离。

月桥掠孤鹜潜行。

人影恍惚萤火，

廊桥在灯影里徜徉。

窗棂里透出鱼盆的热气，

话音绰绰，嘻笑阵阵，

氤氲的缭绕让眉眼半遮，

细碎的琴音轻飘。

月眨着眼睛，

心沉向波光。

角楼织出流彩，

钟声古刹传出。

甜的气息，古木的沉味，

青石边溪流潺潺；

星空的曲线，

流淌的雨城。

玫瑰上的雨滴

茸茸的雪从空中盛开飘落，

飘落在玫瑰的花瓣上，瞬间化成了雨。

红玫瑰梳洗着脸，花朵殷秀鲜嫩，

白玫瑰溢出了泪，娇羞又悲伤。

这是情人的信物，

这有唇吻的润泽。

花坛旁心的碎片叠加一起，

花房里插枝的姑娘玉手纤纤，

玫瑰上的雨滴清音啾啾。

今天是你的节日，

今宵花好月圆，

玫瑰上的雨滴诉说着愁情。

虹

美丽、敏感。

文字轻丽飘逸。

爱使小性，喜文化氛围、啖美食。

行走于东西方间，

畅游在文字版面中，

《北京断章》写尽都市铅华。

有时会聚在牌桌旁，

有时突有一盛情的电话，

称青春晚期，言芳容永在，

现悄然去了，

如一朵鲜花凋谢，

似一片秋叶吹去。

彩虹徐徐在天边浮现，

香魂呈冷冽的晨辰。

梅

一

梅花的欢喜，
卓越的美丽，
高原仍盛开着芳香。
寻觅着逝去的青春，
追梦着挚恋的雪域。

二

阳光旋转在鬓旁，
霜花飘落在胸前。
歌声、鸟语
织成了彩带。
秋风，絮云，
落叶在诉说。

三

草的露珠，
山峦上的佛音，
讲着远古的故事。
云朵那么地近，
人迹那么地远。

品　茶

一

茶卡的茶是杯清茶，
清爽的天，罩在茶杯中。
晶莹的盐，沉淀在茶杯底。
天上的云泻在茶壶中，
天空一号四溢着茶的香气。

二

茶卡的茶是碗绿茶，
绿色的山峦将盐湖融化。
竹叶青漂浮在湖沿边，
茶碗将绿茶托起，
韵味品在唇边。

三

茶卡的茶是壶红茶，

大红袍，金骏眉。
交错的栈道织起飞天的彩虹，
旋转的紫砂斟出昭平红，
茶卡的茶连天接地。

妈　妈

家庭的称谓，氏族的阶层，
远古的部落，繁盛的都城。
嘴唇翕动，鼻音腔出。
从大洋彼岸，到经纬纷争，
无论是斯瓦西里语，还是英格力士的流程；
不管是纯正的北京话，还是鸟语花香的南粤省；
蒙古的长调，藏经的咪嘛区社，
俄罗斯的双头鹰，法兰西的三色，
长音短笛全都吹奏出同一平声。
母乳中的牙牙音辙，
第一声的哭叫的吟诗；
查尔斯祝福女王寿辰，
山顶洞人在繁衍庚日，
异曲同鸣的天籁之笙，
都有着同一音阶的合唱——
妈妈！！

爱情的迷墙

一

我们近在咫尺，
却难以相会。
我们一墙之隔
恍若牛郎织女。
七夕的鹊桥怎能飞架？
柔情的蜜意何时暗通。
她的身影闪过，
她的优雅掠去，
门镜里飘去她轻盈的身姿。
那片砖墙，那种规范。
生活在慢慢流逝，岁月渐显苍老，
人生的距离恍若漂洋过海。

二

每一人的归宿似被设定，
每一片雪花融化在街角树丛。
细缕的皱纹爬过脸庞侧面，

寸生的青丝从暗夜的密林里生长。
夏日的艳阳吹去了密林的云团，
酥胸玉臂展露着月季的芬芳。
禁忌的幻想从镜面中映出，
纤巧的玉手拨弄着琴弦。
琴瑟之音越过巫山云雨，
雷鸣闪电伴随着明月之路。
路就在脚下，路就在门边。
方寸的窄墙，旋转的门轴，
合页扭动的声音，
牵动着无尽的思恋。

三

星空已被分割，
月色已被遮蔽。
痴情在煎熬中消耗殆尽，
沉梦坠落在消磨的时光中。
轻声的歌谣已被窒息，
探险的激情从崖边滑落。
拥抱在夜空的云霓间，
小溪的潺流可轻盈跨越。
脸鬓的风在融合，窗上雨珠在划动，
海水舔食着沙滩，落叶吮吻着泥土。
矢车菊行将凋谢，迷迭香露出憔悴，
秋凉在萧瑟的等待中渴望着初雪。

燕山洞画

触天的葳蕤　云衔在峦，

透蓝的霾网　撒在翠叶的峰巅，

垒立的石柱　蹉跎着喀斯特的嶙峋。

雾灵　燕端　夜话的余音袅袅。

邓拓依这山书写古意今世，

悲绝从此毓秀中弥漫开来。

京东　京西，

京都的尾声在此回彻。

岑南　岑北，

遥响深谷的瀑声旋回涤荡。

有山便有灵，

有灵就存气，

气宇轩昂，

气定神闲。

环山的玉带缭绕，

隐现着长城的蛇影，

蛇行崟凹地开洞天。

倒悬的石林　开花的石壁，

泉蚀的溶洞潜行过来。

石滴　雨润　挺立的钟乳显现着雄性的勃兴，
冰润　肌凉　暑日的热灼被砌在壁外。
垂垂欲滴　亭亭玉立　鬼吐龙蛇　神拥青屏；
洞中午未时　阴阳割昏晓　碧空洗濯清　暖季热浪涌，
冰火两重天　幽开鬼门关　鬼去地神动　岩帘折扇开，
人间人世自烦扰　净莲华目任沉香。

龙门里的白居易

一

浔阳江，秋瑟瑟，琵琶拨动出了山间的禅音，
禅音飘过了浔阳江，流经出西湖，
汇入了伊河洛河伊洛河。
文曲武曲思春曲，
越上了龙门，汇聚到了石窟里。
石窟传来回声，石窟的回音廊余音袅袅，
乐天诗翁弹奏着秋月春风，香山居士面壁焚香，
醉吟先生添酒回灯千呼万唤始出来。
龙门山成连天巨擘，香峰顶落下众神的居所，
千佛洞万佛崖，层层叠叠的庭台笼罩着天地。

二

琵琶峰躺在地上，
琵琶峰立在树间，
琵琶峰永远奏响着《琵琶行》。
墓穴中的太子少傅面对着卢舍那大佛，

睡梦中的《长恨歌》遗恨千古。
松风亭回荡着悬瀑声，
乌头门推开了一片天。
天门的峭壁撑张出了两山，
两山间涌现来飘飞的佛龛大军，
奉先寺雍容的仪态点化着《新乐府》。

三

他已成了一尊佛，
他是诗佛，他是诗王。
他的诗高过了十七点一四米释迦牟尼，
他的诗融入进两厘米的石刻中。
他的野草永烧不尽，
他的春风吹遍了大江南北。
他的香山寺飞临到了燕山脚下，
他的墓冢是再生的六道轮回。
四百年营造的皇家宫殿，
迎来南山中的《卖炭翁》。

麦积山石窟

这山的鬼斧神工把仙刻到了天上，

这攀岩的足迹让巨石开了花。

巨石从天外飞来，巨石搭起了楼阁。

楼阁辟出了洞穴，楼阁开出了天窗，

佛在向窗外瞭望，佛已藏身在洞窟中。

洞中方一日，世上已千年。

出行的释迦牟尼立在门外有些瞋怒，

蒙面的观音待揭去面纱。

涅槃窟里吹起凤凰的飘带，

千佛廊间穿行着十方星宿。

你在散花楼里抛撒出了彼岸芳菲，

你在天堂洞里遥看天穹。

敦煌是这里的延伸，敦煌是此地的终点。

麦垛盛开到了云朵，麦积堆满了窟仓，

万佛钟鸣鼎食，万众耕耘田野。

麦种撒向了人间，谷粟养育着生灵，

人从佛中走来，灵从洞穴中出世，

乙弗皇后，敕葬神尼舍利今已化为岚烟，散为青霞，

飞霞已将绿荫掩映，飞霞已将万木复苏。

我叹赞那螺旋的葫芦，我惊诧那远古悬空的金字塔，
我更吞云吐雾谁能爬上那么高，谁可在云天让诸神矗立。
我爬上了脚手架，我成了一搬运工，我成了一雕塑家，
圆的孤线，几何的衣襟，波涌的流水线，
咏经的声音从四方嘴中传来，依天的梵呗长耳中聆听。
旋转的飞碟就在眼前，凝固的音乐漫天奏响。

圆明园的雪与血

一

你有一个圆，

我有一个园。

你的圆是一双眼睛，

我的园是一轮明月。

明月衔着乌啼隐进云烟，

暗夜迎来白纱的祭奠。

雪的素衣披盖着破碎的王朝，

雪的丧服包裹着散落的魂灵。

你的圆而入神，

你的佛光普照，

你在火的透明中已经坐化。

你的精美你的对称，

你的轴线你的雕饰，

你的檐顶你的回轮，

你灿烂的喷泉你开屏的孔雀。

江南的雪点缀在烟雨楼旁，

西湖的秋留在三仙山脚下。

徐福站在蓬莱瑶台上，

《桃花源记》写在武陵春色里。

三千童男女在福海中嬉戏，

成群的鹤鸟在方壶胜境里翩翩起舞。

你的凡尔赛宫你的白金汉宫，

你温莎城堡的晚钟塔敲响了东方的黎明，

推开古老的门窗吹进西洋楼的文明。

雪色成碎裂廊柱的檐顶，

雪色砌着每一块青石平躺在地上，

雪色从松枝垂落到通幽的小径。

络腮黑胡的雨果一夜间变白了，

生肖兽首为失踪兄弟愁霜了头。

雪覆盖着整个园林，

雪覆盖着蹂躏的罪恶。

雪上的脚印向竹林院延伸，

雪的曲径围着东湖蛇行。

长春园绮春园万木放春，

澄心堂畅和堂畅想天国。

远瀛观的骨架挺起屈辱的天空，

大水法的眼睛观看着世人。

明亮的瞳孔被烧残了，

半轮的眼神流着痛苦的眼泪，

雪的白内障蒙着迷茫的雾翳。

二

一个仙女从天上飘来，
一方胜境天国赐予。
亭台楼阁榭廊轩斋，
房舫馆厅桥闸塔墙，
你的庙我的寺，
你的佛我的神。
洞庭湖在此处泛舟，
海客靠在桥栈阔谈瀛洲。
园中套园水转湖依，
静影沉壁渔歌互答。
荷花开翠枝滴，
鸭戏湖心鸳鸯游弋，
玉岛环绕绿荫葳蕤，
天鹅飞过水面喜鹊落在树梢。
二百年三百年的雕梁画栋，
四个王朝的巧夺天工。
我漫步在舍卫城，
我走进万花阵，
我在迷宫中寻找着仙界的出口。
你的冰壶秋月，
你的雕玉双联，
珠翠亮闪宝石耀日，
雪样的圣洁雪样的润泽。

雪是天上的甘霖，

堆起了精灵的雪人。

沉默的石头罩着雪的毡帽，

绽梅的树枝串起冰的雪糕。

新年的钟声在远处敲响，

生肖的嘴里吹起新生的号角。

这雪中的废墟是死亡的生命，

这爬行的石头是活着的见证。

我去了天堂，

我又进入了地狱。

我被捆住了双脚，

我给扼住了喉咙。

那块石头对我说我疼，

那截立柱冲我讲我痛。

我在风雪中挣扎着，

我在烈焰里想燃烧成一支火炬。

面对魔鬼，

我突然想变成一个杀人不眨眼的刽子手。

三

伦敦的雪在海德公园里飘洒，

巴黎的雪在卢浮宫墙角降落。

拿破仑大军雪困在莫斯科，

查理一世雪季被推上断头台。

浪漫的法兰西绅士的英格兰，

艺术与工业革命的圣殿，

爱情同圣母并存的乐园。

蔚蓝的海洋迎来莎士比亚的子孙，

香榭丽舍大街走过富有情调的男女。

他们跨海而来他们持枪北上，

三山五园肆虐进了双头蛇蝎，

狮心的独角兽扑向伊甸园，

一束棒摘去橄榄叶的伪装，

变成纵火的赫菲斯托斯。

1860 年 10 月 18 日，

有教养的人有博爱的国，

突然露出了狰狞的面孔，

突然成了一群施虐狂，

突然把强盗的标签贴在了脑门上，

突然把文明的毁灭当作娱乐的盛宴。

他们摧残着仙女，

他们撕碎了她的裙衫，

他们发泄着他们的兽欲。

割去了她的乳房，

肢解了她的玉体，

抢去了她的嫁妆珠宝，

夺去了她千秋万代的美丽，

每一块石头都割裂摔碎，

每一片砖瓦皆被辗轧践踏。

我的技勇我的文丰，

为了那贞节殉难而去，

为了那爱情烈火中焚毁。

雨果在痛苦中，

雨果发出了愤怒的吼声。

他们宣称这是一征服的胜利，

是征服文明、艺术、瑰宝、山水风光的胜利。

是征服殿堂楼阁与石料雕塑的胜利。

胜利的耻辱柱上写着自由平等博爱。

毁灭的歌声唱着《天佑女王》。

圆明园的雪，

圆明园的血。

元宵的闹市

灯笼闹汤圆，

汤圆滚元宵。

狮龙闹天灯，

鬼神闹洞房。

孙猴子大闹天帝庙，

花和尚戒闹五台山。

哪吒闹龙宫，

青龙戏玉珠。

穷人闹革命，

民主闹强权，

和平闹战乱。

包办的媳妇闹出走，

强婚的公子闹自由。

青闹红，红闹白。

山闹河，海闹洋。

鱼虾闹螃蟹，鸡鸭闹猪羊，

酸甜闹苦辣，黄酒闹干红，

闹翻了天闹颠了地。

闹得月亮紫红了脸，

闹得太阳喷出了火。

闹得夜不能寐，

闹得心神不宁。

闹到天明，闹到天黑。

闹到元宵变星星，

闹至汤圆泻珍珠。

油菜花与村姑的头巾

一

油菜花的色调托着炊烟的乡村，
孤星的老妇期盼着来客。
她的脸显现着年轻的妩媚，
她的眼展露着往昔的光泽。
桥边走来了背柴的庄稼汉，
她向他们打着招呼，
肩扛背托的柴垛下传来一片笑声，
她盼望女儿的身影闪现。

二

中国电信的门牌下聚集着老幼，
他们的长条凳围成了一个圈。
甬道间走来了牵着孙儿的老爹，
老爹挤到群中，孙儿撒手叫娘。
蛋他爸，秀她妈，寄钱来了，
却不见打工仔归。

阳光切进了门槛，

他们闲坐着，他们呆望着，

他们盯着墙角愿闪动出伊的面孔。

三

宽大的房舍如零乱的杂货铺，

角落里的商标展动着招贴女。

农夫山泉压着百事可乐，

康师傅并肩着云南米线，

火腿香肠挂在诱人的绳上。

没人来吃无宾来餐，灶火冰冷地躺在一旁，

好客的老妪举目无亲，

望穿双眼的窗口希探出靓丽的腮红。

四

田野围着油菜花绽放，

耕牛无精打采地觅草。

远山的雾在渐消散，

游客在田埂边散步取景。

阒寂的小路拐过摩托的声响，

摩托上的时髦女郎纱巾飘起，

纱巾飘上了天空。

回首内蒙古

那里有蓝天，

那里有白云，

那里有坦克，

那里有火炮。

原子弹核爆的瞬间，

有那里生产的配件。

我诞生在这楼群的单元中，

我父辈的魂灵安卧在厂房边山脚下。

向东去向西行，

永恒火焰的子孙与走西口的哥呀妹。

土豆山药蛋，

莜麦铃铃花，

奶茶四溢香，

全羊宴宾客。

枭骑上的驭手礼呼赛拜弄，

坐船头的后生叫咋的了。

黄河的湾口从此拐进，

草原的长调在平顶山上流动。

这里的阴山山脉接天贯地，

这里的水土连接着晋陕乡音。

马头琴的诉说，

二人台的酸曲。

青虬与铁骑并进，

靴刀与装甲共行。

傅作义指挥着百灵庙大捷，

大青山游击队插入敌后。

百变的德王，

满蒙的溥仪，

历史尘迹的斑点。

迎接解放的内人党，

成了一残酷运动的烙印。

哀鸿遍野，

身心摧残。

那里有我不堪回首的哀痛，

那里有我砥砺奋起的呼喊。

炼钢炉旁，

实验室里，

我的理想在陶冶。

大海的涛声召唤着我远去，

我背井离乡，

我游走四方，

爬更高的山，

涉更深的湖，

草原的伤痛谁人能知，

河套的怨鸣何方可听。

赵长城，

武灵王，

胡服骑射，

铁木真征服的野心。

向前跃，

向天去，

狼的野性与鹰的搏击，

詹天佑让 Z 字牢刻在山崖上。

出京张，

上驼道，

闯京畿，

敖包下相会着群马与牧羊者，

经幡里风飘着云间的故事。

高铁将穿越，

绿草要翻卷，

移民的城市期盼着西部的淘金。

我远眺着，

我遥望见，

我不忍回首，

我不堪侧目，

我向九峰山与五当召祭拜。

我在盟市区寻觅一条小街，

我走上旗县的坡道，

我踅进一家烧卖馆，

我喝了奶茶，

我吃了手扒肉，

我有了几多发小。

父辈的草原已成繁华的夜市，

昔日的麋鹿拓展开五湖四海，

大窑古穴里走来出塞的昭君，

青色的城池响起绥远起义的枪声。

蒙古可汗的大营，

成穹顶的博物馆，

从大兴安岭至西拉木伦河，

嘎达梅林的歌声衔着锡林郭勒的草木，

萨拉乌索河的绳索环紧鄂尔多斯高原。

乌梁素海藏身杨树林中，

达斡尔与鄂温克猎人出没在伊勒呼里山谷，

天池的眼睛映照着满洲里的国门。

这狭长的东西疆土，

这交错的河流岔道，

粗犷与柔情在纠缠，

豪迈与哀伤环绕着。

毡包里的祝酒，

重型的奔驰车，

一起在交响。

天安门迎过阅兵的功臣号，

历史中奔来成吉思汗的大军。

七十年，

古往今来的瞬间，

七百年，

英雄辈出，

万马奔腾。

水到金门

一

金门的门狭长而又弯曲，
金门的门咸涩又掺着苦意。
门开在泉州坐北朝南，
门的两侧闽语遥相呼应。
门内有过福建衙门的宣抚使，
门通向历史的海峡。
对峙，呼喊，
8 月 23 日的炮战惊天动地。
对台广播，标语的气球，
邓丽君的歌声飘过对岸。

二

败军漂流于此，
难民奔逃到门外。
战舰的穿梭，
散兵的麇集。

战壕掘出，

筑垒列阵。

炮声中干渴的嘴唇吮舔着甲壳虫的积水，

枪膛里注满了遥遥相对的仇视与误知。

他在暗听对台广播，

他在偷看漂来的传单与家书。

三

金门是一条船，

它要泊岸到大陆。

金门是一座码头，

它要卸载下历史重负的货仓。

金门在干渴中企望母体的乳汁滋润，

晋江的水流向沙田埔水库，

二十年的分离，二十年的等待，

今要血浓于水融汇流淌。

尽管关山重重，虽然水道曲折，

两岸要架桥，大陆的电要输向彼岸，

共同端起金门的高粱酒，

干杯！

东方的桥

一

霞光降落下璀璨的金桥，
日月引力出锁紧的云河。
天虹越弯过寥落的星辰。
圆镜映照着南北。
珍贝的海洋波光奔涌，
东方之珠在远方泛出光泽。
那道迷人的弧线，
那条飘动的彩带，
在海上飞舞，在水中划行。
且不要零丁洋里叹零丁，
莫悲叹山河破碎风飘絮，
今朝的美酒已洒向了彼岸，
今晨的奔驰已将大海拥抱在怀。

二

有一个区域叫珠江三角洲，

有一片毗邻称粤港澳集装箱，

有一大湾区环着灿烂的闪烁。

远涉重洋的规划，百年坠月的向往，

浮现出来，击水上岸。

人工岛填海造成，

精卫女衔石飞去。

桥墩的军队蹚水而过，

潜行的隧道穿插龙宫。

电焊的火花缝合钢铁，

旋转的螺丝拧紧轨道。

设计师的图形在工段长手中凸现，

工程硕士的学位在混凝土中筑就。

三

你站桥上，你踏在岛屿边，

你有了新的陆地，

你有了新的家门。

你在双向六车道上奔行着，

你把中国结的桥塔系在了胸前。

狂风暴雨的夹击，

翻江倒海的潮汐。

汹涌的风浪席卷过来，

潜流中的暗礁，

明月波起的喧嚣。

已被电掣的风行淹没，

已把旋转的海疆

系在了东方的桥上。

魂系永定河

一

在妙峰山下，
在长城脚下，
永定河在默默地流淌，
永定河在静静地诉说。
水道弯曲有了村庄，
水路通幽有了人家。
驿站粮草迎接征战的马队，
峡谷深处升起袅袅的炊烟。
三百万年的跋山涉水，
三千年的历史征程。
生存的田野，聚集的魂灵，
在波影中飞光流彩，
在河畔上奔行徜徉。
我躺在永定河上，
我成了北京的源头。
我从潭柘寺的寺门出来，
我跃上了取经的西天。

我在晾经台上读到了真传秘籍，
我登上不见古人的幽州台阶，
我拥有了北京。

二

忘不了卢沟晓月，
我走上佟麟阁路，
我迈进赵登禹道，
我的热血沸腾，
我铭记着 7 月 7 日这天。
忘不了太阳照在桑干河上，
胶皮大车辗过暖水屯田埂。
我豪情满怀，
我迎来一方天日。
我睡在漯水上，
我划行进黄帝城，
我在轩辕湖中举桨荡秋。
在上游的瀑布边，
在中游的古村落。
我相识了石碑上的人，
耶律阿保机让我骑上他的铁骑，
忽必烈对我言朕要去远行。
朱元璋让我去疏通河道，
康熙帝命我去坚固堤岸，

我插上雁翅飞翔在历史的河段。

三

我是举人村的举子，
我为琉璃渠的窑工。
我们公车上书，
我们寻求变法。
我们的琉璃布满了皇宫屋顶，
我们想激荡起富国强兵的浪花。
菜市口的血迹让河水冲刷过去，
庚子年划开了深深的伤痕。
永定河你浸透了我的血泪，
永定河你流动着我的悲伤。
三家店唱起《男起解》，
爨底下村滚动起春雷，
煤矸石碰擦出了生命的火花。
上西山入玉泉岭潜鲜鱼口，
游击队的身影神出鬼没。
过德胜门走正阳门，
解放的大军浩浩荡荡。
永定河在欢腾，
永定河欲新生，
永定河在向心田流淌。

四

我从管涔山下来，
我漂流过汾水。
我穿行在浑河两岸，
我是黄河的嫡妻，
我奔涌着晋冀蒙的血脉。
官厅库区的建设者有我，
彩虹桥飞架七重天有我。
我凿下岩石，
我挖出淤泥，
我截出新的湖泽，
闸口倾泻我汹涌的豪情。
我畅游着，
我畅想着。
我缠绕着燕山，
我锁紧着灵峰，
我让百花盛开，
我盼群鸟飞翔。
古刹的钟声响起，
晨风的汽笛鸣过，
永定河从睡梦中醒来。

五

我环绕着北京城，

我拥抱着燕京郡。

我是你的子民，

我是你漂浮的扁舟。

我乘载着东胡林人的重托，

汛期的激流让我跃上了冲积平原，

紫禁城从雾色中显露出殿顶。

有一处茶馆，

有一座白塔，

分洪枢纽让水电站辉耀城廓，

北京时间伴随着鸽哨划过天空。

我是白头翁，我是黑头雁，

我是海的女儿，我交织进海河，

我迫不及待地跃进塘沽。

渤海湾停泊进我的船，

水手们邀我去远航。

风帆鼓起，奇货满舱。

永定河交汇成了海疆，

永定河漂流向远洋，

永定河展现着博大的胸怀。

咏厕所

洁白瓷砖泛着光泽，
净亮马桶将人体垃圾旋走。
这是我的驿站，
这是我的冥想层，
排泄中我想到天狼星的脸，
冲洗中我把疾病送走。
镜面反耀着我的容颜，
梳妆让时光返回。
杜尚的泉，
让釉盂成香槟酒杯，
氯酸钠阻止了细菌的脚步。
我渴望有一方宫殿般的厕所，
我企求有咫尺柔情的茅房，
这里可写诗，
这里能吟歌，
这里思鬼神，
这里将饮酒。
地铁中　丛林间，
我在寻找着你。

机场超市闪着男女的导引：

向前一步幸福无边，

便秘畅通心情舒畅。

蓝衣的保洁员，

我称你为天使，

口罩上的双目如此迷人。

伟大的厕所，

不朽的卫生间，

我赞美你。

我歌颂你。

青春的重阳日

一

茱萸叶，菊花酒，

祭天、晒秋。

日月伴君直上重霄九。

九九八十一难，

九九八十一劫，

今全都随风飘散，

今皆化为珍馐玉盘。

九九归真，

今已活出精灵。

二

九月的酒滋润岁月，

九月的阳潜龙出海。

有一个老人走回了青年，

有一轮百岁重启青春之门。

今去相会李白，今去拜见张九龄，

今要在陶渊明乡舍寿宴具鸡黍。

南山出海，朝杖横空，

辞青的曲令金英盛开，

一元肇始，万象更新。

三

恋爱重新开始，

追梦再回年华。

为爱去决斗，为情去争风。

转世的激情越过巫山云雨，

千年的铁树开出新的花朵。

朝夕的时光翻开新的一页，

晨昏的星辰满天闪烁。

餐食蓬饵，醉卧草堂。

登高的季节一览众山小。

告别乡愁

那一方邮票，

已成商标水印。

那一股思绪，

已融月色。

那一番愁肠，

已趋冷漠。

高铁解剖了僻塞的同里，

留言从华为的窗口显现。

船头船尾有桥泻过，

奥迪桑塔纳与南京依维柯。

成了一堵墙，

成了一风景线，

梯田上的大寨飘着诗魂。

大陆已来过，

乡愁已解酒。

乡音缭绕。

未名湖畔荡秋千。

家乡在眼前，

家门拐角处。

秦淮河水绕金陵，

乡愁去天上。

诗人邮票中来，

纪念封收藏在印泥里，

签名册留存在扉页中。

品一品读一读，

念几句诵三叹。

骚客应年轻，

韵魂墓穴中也可吟唱。

今天明天，

我们都将觅他的诗句。

哎哟，巴斯

她不是我们。

她不是你们。

迷人的黑眼圈柔情四溢，

贵妇的娇体蹒跚而来。

她躲在化石里，

她藏在竹林间，

健身场上有她活跃的身影。

投篮　举重　太极　身手不凡，

超市里有她穿梭掠动的风采。

饮茶　办公　聚餐　样样皆能，

运动会里她金牌总数第一。

大街小巷她电影广告纷呈，

阿宝的艺名飞来雪片样情书。

她的拳脚征服了世界，

她的功夫惊世骇俗。

她受命为亲善大使，

她担当飞行领事，

穿上燕尾服　举起香槟酒，

谈判的高手无人能比。

善心被她拨动，

战火因她熄灭，

她活了八百万年，

她长寿秘诀是吃竹叶。

养尊处优　与世无争，

讲一个幽默的段子，

扮出憨态的鬼脸。

她叫巴斯，

她奏响了巴洛克，

她称盼盼，

她盼望安居乐业颐享天年。

现她去了，

乐呵呵地走了。

笑声折断了，

喜剧收场了。

三十七年的舞台生涯，

百岁的人生路途，

贡献了毕生精力。

不朽的纪念碑，

征服的祭奠园，

屹立在她的竹林旁。

遗忘的周末，

相亲的夜晚，

悄然逝去。

开怀　华章　赞美诗，

也将飘散。

我将记住，

我要吟诗，

她是一哺乳动物，

她是一生物标本，

她从远古走来，

她从化石里苏醒，

她是我们人类的骨血。

散文诗

雨中的女人

雨中的女人走了，

雨滴润濡的路面洗净了她的芥蒂。

早晨窗外寻常见到的喜鹊也飞得无影无踪了。

什么地方还能捕捉到她生命的密码？

冬日里原本是不应下雨的。

但今天淅淅沥沥的小雨却挽着夜色抚摸着我的脸——我把它和泪水一同抹去了。

昨天，我望着树梢边还在满月状态中的月亮，任凭那冥想中的期待在月光的流云间流过。

今夜，迷蒙的云翳插上一些街光的羽毛安卧在闪烁的霓虹灯上面。

雨滴滴在树叶上发出的嗒音，似在倾诉着离愁别怨。

我知道，在另一个雨夜里，我们彼此都被淋透过。后来，烈日的毒焰将其全部蒸发掉了。

对我来说，她像一颗遥远的星辰。

星辰是会被许多尘埃簇拥着的。

也许我不该这样想入非非。

也许我还应躲在我的孤寂中。

可我隐约感到她身边需要我这么一个满脑子胡思乱想，满身渗透着简单细胞的人。

但是，她走了。

她曾对我说过，我们一起到一个遥远的地方。

现在，我穿行在影子般的松塔之间，我看见被打湿的树枝间透进淡淡的窗口的灯影，灯影中有人的形体在晃动，里面想必也有几多甜蜜的夫妻吧！

大概我不应该去思恋她这个本不应属于我所思恋的人。

在照片的窗框里，我常常把她两张不同侧面的容貌叠印在一起——不知哪一个是真实存在着的。

窗口里微笑的图像在说：你好！

窗口外嗔怒的嘴角在抽动着：你在干什么呢？

雨停了。

校园的微风把残留的紫薇和黄栌树叶及盘虬在回廊上的蔓枝拧在一起压弯了腰，拂着我的额头，树枝淌下的雨珠润濡着头发、眉梢，我嗅着好似被修剪的青草的潮湿味儿，把雨中的女人和这过滤后的夜色融在了一起。

我踏着雨水淤积的路面又回到了古曲《阳关三叠》的拨动中，《阳关三叠》是为王维诗《送元二使安西》而谱的，我则是为逃避那种空怀落寞的疏离感才走进了"西出阳关无故人"的心境中。无意间我又把这心境和王观的"水是眼波横，山是眉峰聚。欲问行人去那边？眉眼盈盈处"的词句联系到了一起。古语说波横为美人的眼波，眉峰为美人的秀眉，这种寓意恍惚间将我此时梦魂牵绕的云雨之情交织在了一起，雨中的女人能理解这种压抑中的思念吗？

人为情所累，人为名所累，有多少人能像陶渊明那样归居住田园，怡然自乐呢？

　　飞鸟在空中呢喃，风铃在风中摇曳……

　　我在楼群间微明的反光里寻找着属于我思念的忧郁。

　　我慢慢进入了梦乡，我在梦乡里静静地拥抱着她。我在轻
轻地哼唱……所有的思念都落在了她的双唇上。

海边的雷声

　　从观鸟湿地遁奔上邻海的栈道，雨水已淅淅沥沥地从云层中下来，木栅格搭制的栈道也浸润得晶莹发亮，它蜿蜒曲折地向灌木丛中延伸，栈道下从湿地上流动着纵横交错的曲线，拖行着略远处的海潮层层叠叠涌来。

　　海潮之上有零星的海鸥在滑飞，风也夹着雨从侧方吹拽着衣角。正午时分，天是阴沉沉的。云间或有些亮色，但转瞬又被遮蔽了。这时雷声伴随着剑射的闪电隐隐而来。白天这刻似不常见，雷声的滚动也须臾加深了海市蜃楼的气氛。海浪在风扯动下，呈平行线推涌着向前铲行，雪浪花也就拍在沙滩上。再往远看，这浪花中突然钻出了个蹬着雨靴、穿着雨衣、戴着雨帽的渔民拖着渔网向岸边跋涉，他身后的闪电迸烁的同时，雷声也再次炸响，瞬间构成了列宾那幅海的素描画，记得在美术馆看俄罗斯巡回画展时见过那一长方形日朦胧，海浪涌帆，渔人收网的画。过目而念的也还有艾瓦佐夫斯基的《九级浪》。而蒙克变形了的女人在海水中嘶嚎的蓝色块也让人难忘。海的气韵辐射着弥漫的艺术气息。《九级浪》也曾影响着"文革"同名地下文学的的潜行。

　　风从画中又冷冽地吹了过来，手撑的伞也欲翻飞，便急忙躲进栈道旁一观海亭暂避，亭是木制斗笠状，上下两层，攀上去举目四望，海潮从四面八方喧嚣奔来，闪电雷鸣也此起彼伏环绕而至，雷声从闷响变成连绵不断后在一声脆鸣后，余音袅袅而去。

小时候，看过名为《海岸风雷》的阿尔巴尼亚影片，此间似找不出比这片名更贴切的形容了。影片中游击队出神入化的内容已不太重要，贴着海岸在风雨中划行的情景则让人记忆犹深。沿着悠长的栈道终于快走到了海湾的出口，楼群也在潮水中迷离地映出。回首看去，排列整齐的渔船，桅杆上猎猎飘动的国旗被雨水浸透得鲜艳而又醒目。

诗
体
小
说

懂事的年龄

从某种意义上来说，我是那种成熟很晚的人。

直到二十五六岁，满身的孩子气好像仍然没有脱净。

这倒并不是说我的思想尚未成熟，相反，恰恰在一点上，我又是一个早熟的人——一个具有双重性格的高级动物，一个矛盾的结合体。

我喜欢听音乐。

喜欢看电视里悲喜交加的情节戏。

也喜欢观世界杯足球赛……

我愿交资历比我深、年龄比我大的朋友，也愿和牙牙学语的孩子在一起玩耍——特别是那些眼睛毛茸茸、粉嫩白胖、如小熊猫一般的娃娃。

然而，还有两年零三个月我就快到三十岁了，时光飞逝得真有些可怕。

三十而立！可我现在好像仍然在地上爬行。

我不知道在将来的世界上究竟能干些什么。

我甚至不知道下一个星期、下一天、下一个小时要做些什么。

我能为他人或自己干些什么呢？

每天早晨，我随着钟表的鸣叫声准时起床，太阳光从玻璃窗折射进来，把我的影子映到镜子里，当我从这镜面看清组成自我形象的五官时，我才从下巴上那尚未刮净的胡楂上意识到：新的一天开始了。

新的一天和以往所有的一天一样，不会有太大的区别：它把我推进了生活，推进了我的办公室和我的办公桌前。

在这张办公桌上，我开始沿着那些数据和报表进行日复一日、月复一月的循环。

我经常会被无形的禁锢弄得烦躁、腻味，乃至到了发疯的地步。

我努力想改变我自己。我努力想挣脱我自身。

我经常分心走神儿。我会盯着窗玻璃上的反光抑或是那上面爬行的一只苍蝇，黯然发呆。

我点燃一支烟，我倒上一杯水，我站起身在这四壁幔帏中徘徊着。

我那些毫不连贯、若隐若现的胡思乱想经常就沿着狭长的楼道向户外延伸，延伸到都市的闹声中，也延伸到空冥的宇宙的黑洞里。

下班之后，我愿意去散散步。在大街上毫无目的地东走西行，不知道目标在哪里，好像只希望在晚风中清洗一下自己。

我快三十岁了。可我仍然没有一个明晰的生活目的，掌握不好丈量世态的尺度。

我困惑。

我苦闷。

我的内心深处经常会涌起一股莫名其妙的厌恶感：厌恶周围的环境和周围的人，也厌恶我自己。

我想笑，不知道为何想笑。我想哭，不清楚干吗要哭。

街面上飞速驶过一辆汽车。灯光中猛然闪过一个人影。

你来了，他走了。她来了，你又走了。

空气中弥漫着焦油味儿。四下里震动着嘈杂的"嗡嗡"声。

这是生活，这是现实，这路面上的人，这人脚下的路，人的追求，人的理想；人的欲望，人的罪恶。

一切都不得而知。

咳！想它干什么？随它吧！

于是，我跨过路面，来到了爱华理发馆。我想在这里简单地改变一下自己：刮刮胡子、理理发。但这只是自己给自己的一个借口。

我到这里理发，总希望能轮上那个又干净又漂亮的姑娘：她的白大褂纤尘不染，她的雪颈、她鲜嫩的圆脸都透出一股令人舒适的视觉印象。

可我总不能如意，轮到我的总是那歪脸老婆。

这次，我为了达到目的，为了让她那双柔嫩的手在我的脸上滑动，抚摸我脆弱的神经，耐心等待着。

"下一位！"当歪脸老婆叫到我时，我故意左顾右盼地装作未听见。

然而，我的目的依然没有得逞，在圆脸姑娘即将叫到我的那一刻，她的一位老熟人突然插了进来。我失望了。我懊丧地离开了这里。

以后我再也不想到这里来丢人现眼了——虽然谁也没有窥破我的内心，虽然我仍忘不了那个圆脸的姑娘。

出了理发馆，我突然想起要到一个已是副处级的老同学

"猴"那里去聊聊天、吹吹牛。

我万没想到，昔日在乡下偷鸡摸狗的"专家"，此时却在办公桌前板起了一副党委书记式的面孔——这副尊容、这个天铸地造的"官相"，我好像根本就不认识似的。

当我转身要离他而去时，在走廊的尽头他突然扳住我的肩头，眨眨眼说：

"走，去喝两杯！"

我们来到了饭店。我们坐进了屏风后面的雅座里。我们要了八菜一汤。

我和他都破碎了外表的躯壳。他开始跟我谈女人、谈佳肴、谈内部和小道消息，说一些不堪入耳的下流话。可两小时之前他却是一个令人生畏、严严肃肃的干部。

"这又有什么奇怪的，"几杯酒下肚后，他吐露了真言，"不瞒你说，为了将来官运亨通、飞黄腾达，就要让下属摸不透你，就要端起应有的架子，不和他们开玩笑，不要和他们打成一片。知道吗？这是一个诀窍。重要的是要让人恐你、怕你！"

怕你！怕你！怕你什么呢？

我离开了"猴"。我在他这里仍然没有找到答案。

我喜欢昨天夏时制七点钟那个阴云密布的天空；没有阳光、没有纷乱的纠缠，天底下的树，树下的人都变得线条清晰，轮廓分明。没有散射光，也没有逆光。

我办公室的同事一见到阴天，就要怨声载道地抱怨一番：

"唉！又要下雨。"

"这该死的天气，没完没了的。"

可我倒喜欢雨，喜欢雨水把空气洗净了的那种清爽的感觉。

夜晚，当我漫步在雨脚经过的路面，那清冽的灯影就在水中颤抖着，像是在涮洗着它那耀眼夺目的青光——这光与水交融在一起的影子越发清纯可爱了。

于是，我就有意识地抬头去看头顶上那盏灯，那是盏椭圆形的、散射着橘红色光芒的路灯。过去我经常在这灯底下走过，从来没有注意它，而现在我好像突然发现，那倚着滴垂雨水的树枝沉默的样子，好似比以往都更加柔和、更加鲜丽，那梦幻般的光晕好像一下子照透了我的心。

我从这灯光底下走过，一种渴求孤独和平静的意识或快或慢地从身上流过。

我在这种意识的支配下回到了我的陋室。

这里是我的天地，我精神上的乐园。

虽然这房间里过去曾发生过一起殉情自杀的惨案：男的是个转业兵，女的是个会计。他们怎样私通的、怎样同归于尽的，这在当时的案卷里都记述得很清楚，可谁都忘了一个重要的事实：女的丈夫是阳痿。

后来，事情败露，他们双双用电线绑在身上，性交完了之后，让电流从骨肉之间穿过……

正因为这样，这房子长时间没人敢住，怕被这一对风流鬼给拖去。久而久之，仿佛这房子本身也和谁私通了似的。

没有了阳光、没有了房间与街道，也没有了你、我、他的絮絮叨叨。

我不清楚我为什么敢斗胆住进来。

死的已经死了，死是悲惨的，同时也是一首哀艳绝伦的诗。

我需要一个空间，需要一个能与外界隔绝、让我孤独、沉默的地方，尽管这里会有死鬼的幽灵出现。

我闭上眼睛。

被困倦拖到了黑暗中。

她来了，她赤裸的肉体压迫着我，松软的乳房塞住了我气喘吁吁的嘴……

"你是谁？"我含着她的乳头吃力地问。

"我是一个女人，一个非常不幸的女人。我和男人结婚时才二十二岁，可他在新婚之夜就无能为力。二十年前的一个晚上，我在火葬场的炼尸炉里被焚为灰烬。在舆论的压迫下，在正人君子的谴责声中，和一个有妇之夫死在爱的饥渴当中。我们已经被人们遗忘了二十个春秋，这间屋子就好像是一具活棺材，只有你才敢住进来。谢谢你，你真是一个好人，没有冷落我们，要知道我们生前也都是很好的人。来吧。"

梦醒了。

女人的温暖离我而去，我发现我拥抱的正是自己的身体，汗水淋漓的我。我遗精了。

我的血液。

我的激情。

我的欲望。

这里的天。

这里的地。

这里的草原和这里的汪洋——我离开了我，我又找到了一个似我非我的异物。

她是谁？是你的恋爱对象？是你的情人？或者仅仅是一个异性——一个胸脯丰满、放荡不羁、充满诱惑力的女人？

不！什么都不是，什么都还没有可能。

与其说我需要恋爱，倒不如说更需要失恋。

与其说想要高唱"赞美诗"，倒不如说更想去低吟"恶之花"。我需要一种压力、一种刺激、一种被抛弃掉而又将自己重新捡回来的折磨。

我和 A 女性认识了十年、爱了她十年，她在我心中的天平上安静地沉睡着。然而，当我重新醒来时，我浑身上下的骨肉、血液和精神都产生了一股强烈的"反叛"。

她的谈吐、她的见解、她的客套都和先前我所见到的那个"她"形成了鲜明的对照。

她和我见面的第一句话是："你吃饭了吗？"

她和我道别的最后一句话是："有时间来玩吧！"

一切都那么正正常常、自自然然——一切都那么无懈可击、滴水不漏，一切都那么世故、那么成熟。

我痛恨这种世故、这种成熟。

我总爱回忆十五岁时见到的她，一身朴素、缀有补丁的衣裤，裹着一具修长、硕挺的身胸，她的眼光是冰冷的，她分布着不少雀斑的脸，神态是忧郁的，带有一种天性的深刻。

她披在肩上的黑发系着一条我毕生难忘的红色发带。可这个温柔的生命已经死了，从我的意识中已经溶解了。我再也听不到从她曲线优美的嘴唇中震动出一些真的、实的、超然的、既不装腔作势也不故弄玄虚的声音。

我走了。我离她而去了。当我转身看到她消失在天街的背影，我的心也分成了两瓣：一瓣扔到了天上，一瓣让自我精神切成了碎片，我的感情失去了平衡，几乎要哭出声来。

如果我终身再没见到她，如果只把她当作一个理想的偶像埋葬在记忆的死海中，痛苦也绝不会来偷袭我的生存细胞。

我饿了。我困了。我以往的痴情是呆头呆脑、可怜而又可悲的。

谁来了？

谁又在敲门？

谁又在叩击着心灵之窗？

是风？

是雨？

还是雨夹雪？

一条长河。

一条大路。

我在这河的桥上，我在这路的路口，又见到了 C 女性，

我和她认识还不到二十四小时，她就要委身于我，我想她见到我一定像我见到每星期一《观众点播》的电视节目主持人一样激动。

可即便在她热烈的拥抱中，也激发不了我内心的骚动。尽管她身上有无与伦比的优点：她的品貌，她柔情四溢的热流，她的勇敢。

她把我扔到了情感的夹缝中，我不敢说行也不敢说不行。我想逃，又觉着有一种责任在追着我。我恨自己、我厌倦自身的存在。我望着游云拂过月亮的脸，我在想着怎样才能不使她伤心而又让我自己心安理得。

"唉——！"我一跺脚，终于把话捅破了，说我不爱她，但却不敢看她的脸，一张可以写出一部言情小说的脸。

于是乎，她的狂热就转化成了嫉恨、报复、拼命要夺回什么的一种情绪。

我怕，我恐惧——因为我知道了别人和我的心理素质是不一样的。

如果这股失意的情绪占领了我，那我一定会将胸中的嫉火燃烧起一片发奋的烈焰。

可我怕什么呢？与其说怕我的冷酷，倒不如说怕我的善良。

有一天。

有一个月。

我去参加一个毫无实际内容的学习班，见到了 M 君。我对他的初步印象，就像他对待我一样，立刻产生了反感，我讨厌他那双斜眼看人的眼光，讨厌他那一本正经、过分严肃的脸。

他是一个处级干部，他有种凌驾于别人之上的职业习惯，他不管别人的心理是否能承受住他的这种装腔作势。他忘了有一天就是当上了省委书记，也会有往地上吐唾沫的人。

我猜测他对我的印象也肯定是十恶不赦的。他对我的外貌、我的步态、我的一举一动都有一种看不上眼的偏见。

我的价值在他的观念里是一种歪门邪道，我的风度他会视为矫揉造作。尽管我是诚实的，真挚的，认真的，不吹牛撒谎也不胡说八道的一个人。

然而，我自己也有在姑娘面前故作"学问"的丑态，我也有嫉恨朋友才气的时候，我也有想显示自己能力的那种欲望——这种欲望则会使你变成一种表面上的狂妄。

我的处世哲学是人不犯我，我不犯人。人对我好，我亦对人好。这似乎是一个简单的方程式。

他是一个人。不管你喜欢也好，讨厌也罢，他是一个人。

他来了。他走了。他和你生活在地球的两个方位点上——可以画出许多抛物线的方位点上。

我离开 M 君，他突然扯开嗓子大喊了一声："哦——！"

我也回敬了他一声："哦——！"

从 S 市回来，我又将自己重新纳入原有的生活轨道。上班，下班。A 点到 B 点。

一条直线——一条可以延伸也可以缩短的直线。

我穿上羽绒服，我骑上自行车，我成了这条直线上的一个点，我和我的潜意识从这一点在平面或空间中沿着一定方向和其相反方向向前运动着。

我突破马路的嘈杂声，来到我的单位或是我的陋室。我发现我和我的目的地必须要有一个距离，如同我每天上下班必须要经过百货大楼、商店、电影院和政府机关，必须要和交警吵架，必须要让那些在你眼前闪过的男女老少的面孔，给你一些新鲜的刺激，否则思维就将凝固，想象力就会枯竭，生命就会衰老。

许多次，我曾想，我要脱开从这一定点出发沿一定方向运动的轨迹。但是我不能够，我没有这种能力，我被一种无形的钳制力制约着。倘若我试图要脱开樊篱，就要发生交通事故，就要与人与车撞架。灾难就要临头。

有一次，我和一个"团体"去参观北疆的国门。平心而论，我很想感受一下脚踏两国界线的那种异样的心理。我看见边防军在界碑前巡逻的影子，就身不由主地也想走过去。

在离界碑还有 100 米的地方，我身后的"团体"骚动了，边防警察也随之冲过来。当我闻声回首看着那巨大的国门威压过来，我才意识到一个渺小的生灵触怒了一个恍若宙斯的天庭，我在无意中僭越了这条轨道，

我的"团体"因为失了面子，开始向我"围攻"起来。

一说："这个神经病。"

一说："出什么风头。"

另一个则在猜测："居心不良！"

你想叛国吗？你想犯法吗？

"不——！"我为澄清自己而大声喊了起来，"我认为世界上再也没有比中国更好的国家了。我不想去美国，不想去意大利，不想巴黎和波恩，我更不想去到对面那荒漠遍地的国家去——我不想当'叛国者'。我只想到界碑那里去看一看。"

可我说不清、道不明，任由人们把我推向那些不公正的极端。谁让我越过了轨道呢？

说！说！说！

我说不出来，我讲不明白，我只想到界碑那里去看一看。这条曲曲弯弯的国境线……这人为的警戒……这个星球……这星球上的社会与人……中国人？外国人？我闭上眼睛。

我又回到了办公室。

B 主任撇着鸭子步迎面走来，他的脸以鼻子为中心向四周放射着 50 多岁的深浅不均的皱纹。他的身世，他坎坷蹉跎的命运，加上他这一脸饱经风霜的皱纹，足以催人泪下。

我曾经很尊敬他，我曾经很同情他，我曾经很想为他干点

什么，我曾经和他无话不说，无话不谈，有时会这么说："这件事只有我们俩人知道啊！"

我想信他的阅历，相信他的年龄，相信他的生活经验。然而，我失望了。当我认清了他另一面的时候，当我通过一件小事下意识地敏感到其中的内在因素时，我产生了几乎要揍他一顿的念头。

这是一个受性压抑的精神变态狂，是一个毫无人性、毫无感情的怪物。

他那激动人心的表象，只是做出来给人看的。

他需要这个假面具，需要这种悲天悯人的躯壳来装饰自己，当你倘若未把这层帷幕揭开，往往会被其装饰所迷惑。

可悲的是，他竟像一个人老珠黄的贵妇人刻意打扮自己，而又沉浸在自我陶醉和自我欣赏之中，他把这当作一种满足自己变态心理的乐趣。

他热衷于吹灰找缝地探听别人的隐私，并不遗余力地去制造这种隐私。

过去，他常常会神经质似的关上办公室的房门，压低声音地对我说，某甲品质不好，某乙作风不正，某丙想觊觎他的官位而经常在领导面前打他的小报告，某丁又是一个见利忘义的小人……临了，他还会以一个长者的经验，一本正经地告诫你，这些人，要心里有数，要提高警惕。

可是，突然有一天上班的早晨，我发现同事们都用一种异样的、敌视的眼光看着我，我的一举一动好像都惹着他们了。

"喂——"我对甲同事说，"听早晨的新闻了吗？奥运会预选赛上，中国男足又失利了，怎么搞的！"

过去，我们办公室这帮"体育迷"，对于这样的新闻，总会七嘴八舌地品头论足一番。可现在，各位却都把脸扭在了一边，没一个人愿搭理我，我落了个自讨没趣。

这时，B主任推门进来，一边说笑着，一边热情地拍着我的肩膀："小王！你可真没说的，我刚从头儿那儿来，他对你非常满意。"

"啊——是吗？"我诧异地傻笑着。

扯了一会儿，B主任就撇着鸭子步离去了。

然而，我终于有机会弄清楚了同事们敌视我的原因。

那天，我和甲乙丙丁等几个同事坐在一起谈论起苏联政局的时候，侃着侃着不知怎么就绕到了人品上，直性子的乙同事忍不住质问起了我："我说，咱俩关系不错，我也没惹过你，你怎么会……""什么？"我惊讶地睁大了眼睛，"我从没说过这样的话呀！"

B主任原来用对我说同事们背后的"悄悄话"，在甲乙丙丁面前重又用在了我的头上。

"原来如此！"

"B主任？"

"B主任！"

我们几个人终于共同把他的假面具给揭去。

"这个人，怎么这样？"

"真无聊！"

"真是的！"

"真他妈的！"

我破口大骂起来，随之便产生了要揍他一顿的念头。之所以想要揍他，是因为我已透彻地了解到，他懂得世界上一切应该懂得的道理，他知道那些理应知道的人之常情，使人想起一句格言：最坏的人也是最聪明的人。

可他偏不、偏不……你又能怎么样呢？

除了用拳头去教训，别无他策。如同苏格拉底所说的：心怀恶意的人显然在旁人的灾祸中感到快乐。

在工作中，他喜欢那种咋咋呼呼、大吹大擂、轰轰烈烈的悲壮气氛，但这一切都不是在情理之中，而是一出精心策划好了的、为了悲壮而悲壮的滑稽戏。

有时我想，他对于男女之间的事尤为津津乐道，闻之某男爱上某女，或是某女迷恋上了某男就会嫉妒得发疯，一定是因为他夫妻关系不和——自身受性压抑变态所致。

直到这时，我才开始去冷静地观察他。我暗自吃惊地发现，此刻他反映到我眼帘里的作派都与他那种与人为敌的心理状态叠印到了一起……

例如，星期五学习的时候，他的腿会蹬在椅子衬上不停地抖动着，再往上的视觉，便是一张被烟雾包裹着的混浊的脸。

从这脸上的每一个细胞孔里都挤出了一股蔑视公理、公德的表情。说不出是因为什么，这表情竟使我联想起了另一个在异国他乡已被安葬于九泉之下的人物，这个人曾经声名显赫，并抱有疯狂的梦想。

那是许多年前的一组新闻短片：

——某外国元首笑容满面地拥抱着他称之为"兄弟"的中国领导人（许多年过去了，这张笑脸我仍记忆犹新）。紧接着笑容变成了狰狞、谩骂、声讨。双方开始仇恨，双方开始交火，朋友——同志加兄弟的朋友。

都结束了，都消失了也都清楚了。取而代之那些大轰大嗡的虚假场面是战士们的鲜血，而元首那一脸虔诚的笑容则久久在我脑际萦回。

还有阿尔巴尼亚，还有恩维尔·霍查……

还有苏联，还有斯大林与赫鲁晓夫……

随后，美国人来了，日本人来了，英国人来了，西欧和北欧的人也来了……

还有阿拉伯和非洲，还有台湾省和香港地区，还有东盟国家和世界各地的华人。

我是谁？我不也是这华人世界中的一员吗？我出生在逆乱错位的年代。

我经历了难以尽述的政治运动。

我甚至去怀疑我的父母。我被伪科学诱惑着也想向撒旦献忠。我在那无穷尽的斗争中滋生着、蔓延着、生长着。

我披着古老的黑色斗篷想飞向新世纪——

可是它太沉重了，太沉重了……

何也？孰？焉哉？想也想不通，说也说不清楚。

算了算了，文字太枯燥了，去敞开大脑，换换眼前的影像。

魔鬼披散着头发要撕开蓝天；航天飞机穿破月球而去；地球从太阳系飞脱了出去——人们在为一个浅薄的电视节目在欢呼；病毒从电脑里爬了出来……

好了，幻象没有了，时间也晚了，去看会儿电视吧！电视新闻。大宝美容霜广告。怎样计划生育卫生节目。

大学生上街示威游行。有关部门的人士发表谈话。参考消息。报纸消息。中国青年男女篮球队双双获得亚青赛冠军。

我放下报纸。我关上电视机。我走出新华书店和电影院。我穿上中山装陪着某外宾来到了某高级饭店。外宾进去了，我则被自己的同胞阻挡在了门外。

"你是什么人？"他颐指气使地看着我。

"一个普通的人。"我答，"一个黑发黑眼睛黄皮肤的人。一个说中国话、干中国活、爱吃中国老边饺子、发中国式的牢骚、吹中国式牛皮的人。"

"这儿只允许外宾进去。"

"谁规定的？"

"没谁规定，反正就是不让你进。"

"道理何在？"

"没什么道理可讲。"

"不让中国人进？"

"是的。"

"可你又是什么人？"

"你少废话，你有黄头发蓝眼睛和美金吗？"

"没有。可我是在自己的土地上，这座饭店是我的同胞建造的，你我的躯体也都是黄种人的精子孕育而成的——你们这帮奴颜婢膝的臭虫！"

"你骂谁？"对方恼羞成怒。

"骂的就是你！"我大声吼叫了起来，"你懂得几句外语？你看过几本书？你知道世界有多大？你知道自己的鼻子长在什么地方？"

我不顾一切地冲进了饭店，冲进了餐厅，一屁股坐到桌前，高声叫道：

"上菜来——！"

我眼前浮现出《5·19长镜头》里的画面。

我又窥视到了这一切的另一面：因为香港队踢败了中国队，因为中国人战胜了中国人；因为窝囊，羞辱，就把火泄在了外国人的头上——烧汽车、打人、砸玻璃……到头来却不过是同室操戈，谁也没有出线。

我又想起了阿Q，想起了义和团"扶清灭洋"的口号，想起了八国联军早已长驱直入，人们仍在盛传"义和团大胜，洋兵大败"的"喜讯"，想起了圆明园被火焚烧的惨景。

我想哈哈大笑，我想对天长叹，我想扯开喉咙唱一曲西皮快板的京剧。

我厌倦。

我疲乏了。

我拧开收音机收听到了中央人民广播电台、CNN、VOA和莫斯科的声音……

我想从这些音频里分析出一些客观的、公正的、不左也不右、不褒也不贬的实际内容。我闭上了收音机，来到了户外，天空和大地扑面而来，冷风夹着零星的雪花清醒着我的脑子。我的思路在这冷空气里沿着一条弯曲的"低压槽线"，莫名其妙地、呈波动状跳跃着回到了以往。

往事如烟，如痴如梦。

十五岁、十六岁、十八岁，还是二十岁。

人不是人，鬼不成鬼。一会儿一条天传圣旨，一会儿一阵狂热的欢呼。

来吧，上来吧，这是一条通往天堂的"诺亚方舟"。

来吧，扔掉书本，回到原始，轰轰烈烈地大干一场——单调的生活已注入鲁滨逊般的热血……

砸碎，占领，摧毁！

痛快呀，痛快！过瘾哪——过瘾！发泄出去——像射精一样发泄掉那干渴的欲望。前进哪——前进！胜利就在眼前，世界就要屈服。他妈的万岁！他妈的主义！他妈的报纸、文件、广播，人兽之交的结果孕育出了我们这畸形的一代。

目标在哪里？目的在何处？谁在保佑我们？谁又是我们的敌人？是你？是他？还是我们自己。

喝酒吧，喝他个烂醉如泥。

嫖女人吧，嫖世界上最放荡、最无耻的女人，哪怕是潘多拉的盒子，我也要奋不顾身地钻进去——我要成为历史上最大的败家子。

我要和魔鬼为伍，我要和禽兽结伴，我要向他妈的一切文明的法则宣战。来吧，来吧，来吧，来吧。别害臊小姑娘，脱下裤子，让贞节见鬼去！去吧，去吧，去吧，去吧！毛头小子，去和任何一个染有性病的妓院老鸨生下一个个出类拔萃的畸形儿。

我们诞生了，我们出世了。我们喝酒、赌牌、谈论女人、欺负弱者、讥笑光荣。

有一天，我们在黑窝里玩腻了，"黄狗"带着"三姐"，我带着"三块肉"，三五成群地来到大街上寻找新的刺激，迎面又碰上昔日的难兄难弟。

"哥们儿！看你穿的像根蜡似的，哪儿偷来的军大衣？"

"嘿！狂不狂咱一身黄。别人不知道还以为是高干子弟呢。"

"得了，蛋泡子，看你那个鸡巴样，哎，听说你弄了个漂亮姐，让哥们儿尝尝滋味如何？"

"尝个屁！哎，看见那个刚从银行里出来的老太太了吗？兜里足揣了有上百个毛爷爷，上！"

我们一拥而上，你挤我、我挤你地在菜市场里把老太太的钱包从她贴身的衣服里掏出来，"黄狗"传给我，我又递给"三姐"，然后便一溜烟地来到"醉八仙"饭庄。当老太太坐在马路沿上捶胸顿足地哭天喊地时，我们已经"哥俩好哇！五魁首哇！四喜财呀！六六六"地醉成了一摊泥。

不知过了多久我才从那堆腥臭的呕吐物中醒来。冷风让我打着哆嗦，我又哭又唱了起来，我冲着夜空歇斯底里地喊了一声：

"毛主席万岁！"

想不起了从什么时候开始。记不清了她是怎样的一个女人。她穿着浅色的外套冒着风寒迎着我拦截她的刀子走来。

"站住！"

"你要干什么？"她夹紧腋下的书包。

"不干什么，交个朋友。"

"用刀子交朋友吗？"

"是的。"

"那么，交朋友的条件是什么？"

"陪我去玩玩。"

"难道说你只愿意去玩一玩吗？"

"我们生活中还有许多事情要干哪！"

"可我只想吃喝玩乐，享尽人间的幸福与快乐。"

"人间的幸福与快乐不只是这一点点。"

"我现在酒喝多了，只想让你陪我去玩玩，少啰嗦！"

"您听我说，"她的语气平静而又真挚，"您听我说，我的爸爸布鲁诺因为具有着'英雄的热情'，被宗教裁判所烧死在鲜花广场上，我的妈妈'蒙娜·丽莎'正忍受着污辱和诽谤，年幼的弟弟'少年维特'情窦初开，正在苦闷当中，你忍心让这样一个人受欺负吗？"

说实在的，我当时根本就不知道布鲁诺、蒙娜·丽莎和少年维特这些"老外"是何许人也，更不懂得她说这些话的内涵，只是蛮横地说道："我才不管这些呢！"

"不！你必须要管，因为你是人而不是畜生。"说完她就毫不畏惧地推开我阻拦她的手臂径自走了。

不知为什么，我竟然也茫茫然地跟在她身后，机械前行，她则丝毫也没有要摆脱开我的意思。

现在回想起，我真想把自己按在地上揍一顿，像鲁提辖拳打镇关西那样——一个堂堂的男子汉居然在一个女人面前逞威风，这算哪路英雄？有本事你用刀子和武星李小龙、拳王阿里，或是一个臂力和你相当的人去较量较量。这算什么？每当我的眼前浮现出那可耻的一幕，就会恨得只想跺脚——最好的办法则是不去想它。

在认识她之前，我总以为自己是看破了红尘的人。父母双亡、家运衰败、孤星飘落、随遇而安。虽然在喝酒、赌钱、玩女人的同时也常常回忆起童年时的欢乐，少年时的无忧无虑，可那毕竟都成了无可挽回的过去。

那场"史无前例"的运动后期，我的爸爸——一个做过县长、局长、厂党委书记和市委书记的忠诚的共产党员，刚复职上位，就因皮鞭棍棒留下的后遗症暴病身亡，以年仅49岁的归宿去寻找马克思去了。

我的妈妈，一个善良而又柔弱的女人积劳成疾，与我爸爸相继而去，在我还不知道怎样去哭、去掉泪的年龄就把我遗弃在这个世界上了。我不知道是否还有其他亲人，现实便是人一走茶就凉，即便是亲人也会反目为仇的。

我热爱生活，又憎恨它的残酷，我渴望得到爱情，又厌恶它的虚假。虽然我也交过女朋友，亲过她们的嘴唇，抚摸过她们的肉体，但那丝毫也没燃起我埋藏在心底里的爱情之火，仅仅是一股兽欲的发泄。

唉，生活就是这样，多么无聊，多么乏味、枯燥、寂寞，像歌德诗上所写的那样：

> 我现在什么都不信赖。
> 哟嗬
> 在世上倒也逍遥自在。
> 哟嗬
> 谁愿意来做我的朋友，
> 谁来碰杯，来一同唱歌，
> 来喝光这杯残酒。
> ……

或许在一片梦幻般的蓝色中。
或许就在现实的红尘里，我跟随她来到了一个新天地。

在灯光与星光的交织下——

我看清她揭去面纱的脸。

这是一张普通的脸，普通得不能再普通了：

苍白的面孔，湿润微黄的头发，微微上翘的蒙古型鼻子从一张长着一些雀斑的脸上翕动着。如果那一刻不是她那双心灵的窗户——闪烁在洁净面颊上的眼光吸引了我，我是不会找她麻烦的。要是这张脸长在任何一个爱好虚荣、装腔作势、粗俗不堪的女人身上一定会令人厌恶——那些形象是我司空见惯了的。

而此刻从这张脸上所反映出的忧郁、矜持，自然而又带点伤感，成熟而又天真的神态无时不使我感到自惭形秽，以后每当我看到美籍华裔画家赵无极画的油画《小姑娘》时，就会毫不犹豫地说：

"那就是她。"

有一首歌似乎也这么唱着："那就是她………那就是她……"

哦，朋友们！这就是我过去生活的乐章：

唱着歌、喝着酒、跳着舞、吹着牛、撒着谎……

当你从病态的梦魇中清醒过来，走进一个新天地，你会有什么感受呢？

过去仅依靠自己的影子去生活，世界好像一块古生物时期披毛犀的化石，沉睡在海洋里，任宇宙的风浪冲刷着它的肌理。但突然间，这石头考古学家拿到实验室时，在显微镜下研究起它变成石头的过程，

这时人们就会惊叫起来：原来它已经过了亿万年腥风血雨的洗礼！

怎么办？

怎么回事？

从哪里来？

到什么地方去？一连串的悲剧因素就不假思索地铸进了思想的深处。

我们的血在奔流。

我们的神经在扭动，我们在错乱和平安当中又清醒又糊涂地活着，我们又想哭又想笑，迷惘把我们变成了又像是感情动物又像是妖魔鬼怪的怪兽，而这个怪胎则是我们自身把它孕育成的。

走在大街上，你就会在五颜六色的生存空间中发现，这些蠕动着的生命，好像被什么魔法控制了似的。

一会儿，他们会成群结队地去高呼口号，转眼间又都四分五裂地变成了一群市侩，而操纵他们这些人的思想又是五花八门，不一而足。

到底什么是正？

什么是反？

什么是左？

什么是右？

什么是上？

什么是下？

什么的什么与不是什么的什么究竟谁又能说得清。

细想起来人已经长大了，全部的希望之光和赌注都抵押在这一个痛苦时期，在这些光的笼罩下心中燃起了生命，这生命似乎又被抛到了一个无人光顾的岛上。

我从这"岛"上来到了某年、某月、某日、某市的天空底下，一切都依然如故：烟尘污染了天空，太阳光线在这烟雾中扭动着……街面上奔流着人的源头，自由市场上响起此起彼伏的叫卖声。

我被人的肩头碰撞着、拥挤着。

突然间，我在这人流的游动中又一次看到了她——那个经常令我激动的、《观众点播》电视节目的主持人，

我爱她，可她已经结婚了。我喜欢她，可她已和别人有了孩子。久而久之，对我来说，她已经成了一个光和影所组成的虚无的存在。

那时候，每当她从电视屏幕里走进人们的视觉印象当中，我单位的同事经常会打趣地对我说："喂——把这个姑娘介绍给你吧，你们俩正般配。"

我自我解嘲地笑了，摇了摇头。这怎么可能呢。但我又解释不清楚自己的头皮为什么要发麻，随之袭来的是怕人窥破潜藏在内心深处的那个惶恐不安的感情世界。

这时，我就会身不由主地走到镜子跟前，打量着自己，寻找着我和她的差距，寻找着那些潜在的希望……然后，我就在居室内，如同一头感情充沛的狮子踱来踱去，我压抑不住内心的冲动高声朗诵起了马雅可夫斯基写给莉莉娅·勃里克的诗：

> 吵嘴也好，
> 离别也好，
> 都不能磨灭爱情。

从那以后，我就开始关心起了人们对她的议论和传闻。

有人说："别看她长得那么漂亮，她是个跛子。"

也有人嘲笑道："这种人，不知道找了几个男人——没个作风好的。"

听罢这些话，我就忍不住和他们辩白起来：

"你们怎么知道的？你们根据什么？你们这样背后诽谤一个人有什么道理？人就是这样，见别人长得漂亮，总要嫉妒地杜撰出一些与此相反的谣言，以满足自己卑劣的心理和处境。啃不上苹果，就想咬人家几口——算了吧！"

也许就因为这些流言蜚语而产生的逆反心理，我那朦胧、含蓄的爱恋之心，立刻转化成了一股任性的、显明的、挑战般的心态。

我开始想方设法向着爱的中心突进——梦想着也去当一个抛头露面的"电视评论员"（并不知天高地厚地去慕名考了一下），梦想着有朝一日和她肩并肩地出现在电视屏幕里，向人们宣告着亚当和夏娃的宣言。

但我这浪漫的、乌托邦式的狂热到底让冷酷的现实给击碎了。

后来，在文化宫的一个周末舞会上，我们偶然认识了，对于那些流言蜚语来说，她本身就是一个最好的注脚——她无疑是美的。

她穿着一身松紧适中、线条流畅的紫色毛衣，毛衣领子上是几枚装订别致的有机玻璃扣，这玻璃扣被两座丘陵似的胸部推挤着，在灯光的闪耀下反着亮光。

她的黑发已卷起了黑色的、散发着紫罗兰发胶香味的浪花，这浪花冲向了白色的海岸，海岸上有一对扔进碧波里的黑珍珠，一只小巧圆润的贝壳，一条红色的小帆，帆里面盛满了洁白的玉。

可此时她已是有了两个月身孕的少妇了。

当我第一次把手贴在她背后，准备随《红太阳照边疆》的乐曲起舞时，我的心突突地跳了起来。我的思绪乱了，舞步也跟着乱了，眼睛慢慢潮湿了。《红太阳照边疆》把我及我眼前的她淹没在混浊不清的感情纠葛当中。

现在，她灼热的目光从人群的大衣领子和皮帽子之间射来，烫在我的脸上。我感到山洪般的语言堵塞在颈骨里，内心挤压着许多激动的热流要向外迸发。我仿佛隔着这繁杂的人的身体就已听到了她心脏跳动的声音。然而，当我们相互突破人流，终于彼此看清近在咫尺的对方脸的时候，我只问了一句非常普通的、带有掩饰的话：

"你——好吗？"

"唉——怎么说呢。"她叹了口气，"不好也不坏吧！"

"这又怎么说呢？"

"我找到了一个丈夫，却没找到一个爱人。"

我明白了。但一切都晚了，晚了。当我们最终面对着冷酷的现实的时候，才深切体会到晚了。

晚了，天色晚了，睡眠来敲门了。

窗外刮起了西北风，像是木槌敲击着皮鼓在呜呜作响。

临睡之前，我望着天花板，冥思苦想着：要是她现在来到我的身边，要是她离了婚，要是她丈夫抛弃了她。

我在睡梦中，恍惚跟着她来到一间暗红色的房间，微弱的街灯从窗帘的缝隙里照进来，我看着她脱去外套、衬衣、乳罩，躺在了我的身边……我拥抱着她，抚摸着她白皙的玉体，听她在我耳边絮叨着一些似是而非的琐事：她孩子怎样怎样，她姐姐如何如何，她母亲如此这般，而我则驾着一条帆船顶风逆浪地航行在大海上，寻找着那个平静的港湾。突然间，我发现我拥抱的是一具冰冷的僵尸。

梦醒了，天亮了。

由于刚刚下了一场雪，晨光就越发柔和地清扫着夜的尘埃。

我崇尚这雪，崇尚这雪把大自然净化了的那种纯洁安谧——如同我内心所憧憬的那个净界。

我的眼睛由于冷空气分子的刺激，流出了眼泪……给我的感觉，这眼泪也是纯洁的……

我骑在自行车上，在这寒冷、清爽的"寒流"中向前运动着，明镜似的天空从头顶上划过……

我望着天空，仿佛它在和我对话：

你最需要什么呢？

擦干净人世间的镜子，用它来映照自己的影子。

你爱人类吗？

爱的，有时是非常狂热的——可也为他们的贪婪而惴惴不安。

那你又属于哪一类呢？

我长得不高也矮、不胖也不瘦、不美也不丑、不健壮不也衰弱，如果让我坐在众人当中，一定不会像阿兰·德龙那样的美男子和诸葛亮那样的"智多星"引人注目、令人惊叹的。

你知道今天是什么日子吗？

知道。冬至，阳光在这一天直射南回归线，北半球白昼最短。

你的眼光为什么总在云端里呢？

因为在那里才能 ntusetincute（深入肺腑和深入肌肤）。

这么说你很爱光明了？

是的，很热爱。但光明也需要黑暗的衬托。

时至今日，你好像从未获得过男女之间的爱情。

获得过。可都破碎了。

你喜欢女人吗？

喜欢。然而从女人的旋涡里脱出来之后，你就会非常冷静地找出她们使人讨厌的地方。

那么你所要寻找的是……

简单地说——是爱人。

在哪里？

在心里。

哦，罗曼蒂克。

也许是。

为什么不能现实一点呢？

现实是丑恶的。

你很悲观。

这是人类的结局，在这核时代，人类正在愚蠢地进行着科学的自杀。

可我们仍在这悲剧里寻找着喜剧的因素。

这是伟大的。

爱情到底是什么呢？

记不清了是一个美国人还是英国人说的："是一片炽热狂迷的痴心，是一团无法扑灭的烈火，一种永不满足的欲望，一分如糖似蜜的喜悦，一阵如痴如醉的疯狂，一种没有安宁的劳苦和没有劳苦的安宁。"

准确吗？

随它去吧！

突然，在天空的寂静当中，浮现出了一个迷人的、身材修长的男青年开始说话了，他说话时的语气是那样的自信、温柔而又真诚，使我一下子感到天赋的才能是世界上最自然不过的东西。只听他平静地说了一声："沉默吧！"

紧接着，一个女生的脸部特写又显现在眼前：

湿漉漉的睫毛，清澈如水的眼光。

春梦。牵牛花瓣的蓝……然而，这种美却被一种装腔作势的矫揉造作和粗俗的肉欲破坏了——这张美丽的面孔瞬间就失去了她的魅力。

真是的。就是的。

刺刺刺地作响。噗噗嗤嗤地声东击西。

够了！快别酸文假醋的了——恶心！

嗳——！

咳——！

我如火的情欲已化为灰烬。

《圣经》上古老的警句在告诫着我：如果你见到一个女人就动了欲念，那个你就已经犯淫了；如果你的右眼动，就把它剜下扔了；如果你的右臂动，你就把它砍下。

如果那样，我们可能早就碎尸万段了。

见鬼去吧——挥起拳头打碎玉皇大帝的天灵盖！

唱歌吧！唱一首小时候在幼儿园唱的儿歌：

"丢呀丢呀丢手绢，轻轻地放在小朋友的后面，大家不要打电话，快点快点捉住他，快点快点捉住他。"

"小兔乖乖，把门儿开开，妈妈就要回家了。"

"你不是妈妈，是一只大灰狼。"

快！快来看！她来了。

她头顶着白云，脚踏着鲜花，像是光的使者……据说苏联科学家在人体周围观察到一种光环，当男子出现，妇女就会发亮，如果他们相互同情，光亮就增强，否则就会变暗。

别泄气。

别苦闷。

总有一天我们会在这温暖的"人光"之下诞生出一个新的世纪儿。

不知不觉地天空已隐去了。

暮色上来了。

马路尽头的人流和车浪黑压压地向我周围涌来……霓虹灯也忽闪忽闪地眨起了眼睛，各建筑物射出的灯火竞相辉映，给夜市涂上一层朦胧的色彩。

那些光的纤维扭动着、相互交织在一起，四散而去，如利剑般刺穿了夜空，迎来了一个黎明……

我在雨中。

在雪中。

在霹雳闪电中向前跳跃着、奔跑着、飞翔着……

去吧！去引吭高歌吧，歌颂这黎明的火焰……

去吧！去奋力跨过时光的界线，穿破"以太"的空间，寻找到一个新世界……

这时，迷蒙的烟尘逐渐散去，天边暗淡的光线挤出狭窄的缝隙，慢慢扩大，逐渐在突破乌云，集结在了水面的浅滩上，它像堤坝似的要阻止住蓝天的前进。

但光线以洪水泛滥的不可阻挡之势向乌云冲去，把它们摧毁、消灭，随着太阳逐渐上升，绛紫色的激流把它们染红，以胜利者的姿态高声朗诵起了尼采的诗句：

> 在你站立之处向下挖掘，
>
> 直到井泉之底。
>
> 让行于黑暗者大声喊道：
>
> "下面有个地狱！"

哦，老伙计！有时间你来玩吧！

哦，乳臭未干的小兄弟，你也快来吧！

你喜欢看功夫片还是喜欢看琼瑶、三毛的小说？

你被韩星日星搅得晕头转向。

你被学习重负压得喘不过气来。

你已到了高考的关口，你已到了人生的岔路口上……

你来吧！我要给你讲一个很小很小的故事：

我最后一颗智齿已顶出了牙床——我已到了懂事的年龄。

你会缠着我不停地问："后来怎么样？后来怎么样？"

我说不出，我讲不清。我要告诉你的是——

我想去进行超导研究。

我想独自横穿南极大陆。

我想打破博尔特一百米跑世界纪录。

我想跨越布教卡的横杆。

我想去攻克癌症与艾滋病的病毒。

我想获得诺贝尔经济学奖。

我想去调解阿富汗和印度尼西亚的种族冲突。

我想乘"挑战者"号航天飞机去触摸上帝的容颜……

然而，此时我心中只冲激起一股迎接新世纪的渴望。

后记　诗歌的交响乐

　　诗情突如泉涌，这连我自己也有些诧异。但回过头一看，也不尽然。因诗的血小板早在我血液中奔流着，我的诗体小说《懂事的年龄》发轫于上世纪八十年代，后在《作家》杂志上发表，这其中就亦有诸多诗意在里。在《寻找旅行者一号》诗集出版之前，亦有零散的诗作在《诗刊》《人民日报》《光明日报》《工人日报》《中国日报》《中国文化报》及《延河》诗歌月刊，《神剑》《昆明文艺》《时代文学》，美国《新报》《纽约周刊》《红杉树》《洛城文苑》等报刊发表。《广州文艺》将同名长诗先期推出，并获得了"中国长诗奖"等奖项。

　　"旅行者一号"是人类 1977 年 9 月 5 日向外太阳系发射的空间探测器，上面附带着寻找外星文明的地球光碟，这光碟据称能在宇宙中保存亿万年。光碟上刻录着地球家园的人类生活的形态，男女的裸身及风声鸟声雨声和各种人类语言的 50 多种声音，甚至还包括华人家庭聚餐的图像。这让我感到激动振奋和好奇。"旅行者一号"在经过太阳系一系列天体后。是提供其卫星高解像清晰照片的第一艘航天器；它是离地球最远的人造飞行天体；目前处于太阳影响范围与星际介质之间。

　　现确认，"旅行者 1 号"探测器在突破太阳系边缘陨石带的重重阻碍后，终于飞向了外太空，进入茫茫的外太阳系空间，这是人类科学发展史上的里程碑。上面的光碟刻录有人类问候的声音："这是一份来自一个遥远的小小世界的礼物。上面记载着我们的声音、我们的科学、我们的影像、我们的音乐、我们的思想和感情。我们正努力生活过我们的时代，进入你们的时代。"可以说，从那一刻起，构思的萌芽就已初蒙，但苦于一直找不到一个契机点来构织。

初始，以为发射"旅行者一号"只是表现人类探索宇宙的一种象征意义。然而，在获知旅行者一号经过 40 年的飞行，已飞出了太阳系，我在感到惊讶的同时又目睹到中国的天宫实验室对接成功，航天员接踵上天，量子卫星与寻找暗物质卫星划开宇宙，"嫦娥 4 号"登陆月球背面，遥远的星际离我们越来越近了。孤独的人类探寻着知音。如此，就衍成了这系列长诗。试想，假如"旅行者一号"上纪录的人类生活、山川河流、四季形态的光碟能存亿万年，那就意味着我们生命的印迹将会在宇宙中永生，这份寻找外星生命的明信片会传递着我们不朽的档案，这个神秘的历程，寄托了人类的种种幻想。

我喜欢听交响乐，诗中也渗透进了音律的节奏，如果有可能我真想把它谱成一首天地交响曲。当然，除那组航天诗外，其他类型的诗文也融入了其间，表达了我的思想感情与追求。"诗言志，歌永言，声依永，律和声"是诗的定律，也可称为人生的座标。在此特感谢王蒙、莫言先生给予的鼓励，感谢莫言先生拨冗题写的书名，感谢谢冕老师的序、感谢吉狄马加、叶延滨、高洪波等诗歌泰斗，骚人墨客的指点江山，切中肯綮的点评。感谢刘恒、吴义勤的鼎力相助；感谢《广州文艺》先期全诗刊出，鲍十主编慧眼识金。感谢太空、感谢宇宙，感谢人类探索宇宙空间的执着和无畏的精神。感谢"旅行者一号"的跨际飞行，并期待着它的回声。感谢作家出版社结集付梓出版。

王童于 2020 年 5 月 1 日

附　录

　　《寻找旅行者一号》是一首诗的交响乐，是我们期待已久出现的一部力作。这组诗结构宏大，词语的节奏犹如大海的波浪，毫无疑问，它是诗人王童献给人类和地球最动人的诗篇，我相信所有阅读者，都会从阅读中获得惊喜与感动。

——欧洲诗歌与艺术荷马奖、布加勒斯特

城市诗歌奖获得者　吉狄马加

　　王童要出诗集了，其诗作《寻找旅行者一号》先期在《广州文艺》上发出，让人刮目相看。诗作选材出奇制胜，别有新意。中国需要一些国际视野的文学作品，王童在此进行了他的努力。中国的航天事业现蓬勃向上，王童的诗意也点睛而出。王童其中的另一些诗作也带有激情般的哲理，这或许是王童本人特质的展现。

——原《诗刊》主编、中国作协诗歌委员会主任　叶延滨

　　王童的长诗，元气充沛，思绪饱满，《行星组曲》般汹涌而下，诗句的韵律中，有人类危机意识和希望的共鸣在焉。

——著名作家、原文化部部长、共和国勋章获得者　王蒙

王童大才子，不是恭维，是真服。

——首位中国诺贝尔文学奖获得者　莫言

王童的诗集借《寻找旅行者一号》点题，让人读后感到作者知识的积累和想象力的丰富多彩。这个近半个世纪前发射的探寻宇宙之音的外层空间探测器，寄托了人类的希望与冥想。王童借此将童年时代就开始构思的长诗写出，实属难得。此外，诗集中，王童的诗体小说《懂事的年龄》同其他一些类型的诗同样充满了激情与思辨，诗句的音律节奏分明，显示了作者的诗歌才华。

——《世界文学》主编、著名诗歌评论家　高兴

王童写诗，写航天，而且出手就是洋洋洒洒约二千行，实属意外，令我惊喜。航天组诗《寻找旅行者一号》，取材于1977年9月5日美国航天局发射的那颗空间探测器，构思与布局独特、迷幻，时而大开大合，时而精细入微，把时间和记忆还原成诗人自己制造的图像和场景。太空与人类，天上与地下，天宫实验室对接、量子卫星、暗物质卫星等等，这些"陌生"得让人眼花缭乱的新奇，为当下诗歌写作领域的无限延展打开了新的尺度。严格地说，王童进入诗歌写作还算"新人"，正因为没有顾忌，没有负担，才能够在别人没有触碰过的题材上纵横驰骋，信马由缰，或许诗坛就是王童的另一个疆场，特别值得期待。

——原《星星》诗刊主编、著名诗人、
中国作家协会全委会委员　梁平

王童的诗我读得不多。过去只知道他是供职于《北京文学》的名编，喜欢摄影，写作上好像并不是以诗为主。但他的新作——长诗《寻找旅行者一号》，着实让人侧目。这或许也印证了功夫在诗外那句名言。从王童近期在中国诗歌网推出的一些诗作，可以看出他的诗在取材、构思及表达上都是有自己的个性的。即如这首《寻找旅行者一号》，诗人的选材可谓独辟蹊径，他将科学探索与诗歌想象力结合在一起，让人耳目一新。这样的诗，既体现了作者的知识储备，更体现了他对人的生存命运的关注。叙述方式上，作者激情飞扬，并注重音律节奏，阅读者从中不难感受到他的独特精神气质。

——中国诗歌网主编、原《诗刊》编辑部主任　杨志学

一本狂想的书？一个狂想的人？抑或干脆就是狂想本身找到了语言的形体？我倾向后者。宏阔的视野，巨大的激情，跳跃的思绪，疾驰的语速……犹如另类的飞行，王童跨文明、越古今的恣肆不仅给孤独的心灵带来了解放的快意，也带来了横无际涯的痛苦和沉思。

——著名诗歌理论家、诗人　唐晓渡

自古以来，汉语诗歌中，吟诵月亮者多多，或叩问，或絮语，或寄相思，或发浩叹……无奈古人天文科学知识有限，航天登月飞船不见，即便在他们的想象世界里亦无踪影！今横插进个王童，铺天盖地而来。人类航天器之发明，鼓舞起血热者，要开天辟地，并寻找人类的知音！

——《北京日报》著名诗人　彭俐

王童诗写得太天才了，简直无与伦比。恣肆汪洋，纵横捭阖，上天入地。一部航天史诗就这样诞生了！给我们现在死寂一般的诗坛注入了强大新鲜的活力！这真是部伟大的作品。

——南充作家协会主席及著名诗人 曹雷

现代版的天问，童话般的神曲。作者展开想象的翅膀，在变幻的时空中，在梦和现实之间，穿越上下五千年，横跨自然人文哲学历史，用蘸满色彩的实验之笔，探索亘古不变的科学之谜。是万物的终极神话，是宇宙的千古绝唱，是一部思接千载、视通万里之史诗。

——中国作家协会会员、《太阳诗报》主编、
《诗词之友》主编 张脉峰

这是一部具有史诗级的扛鼎之作，诗的语言张力和意境也像旅行者一样直冲霄汉。诗的二十个章回构图完美，用诗的形式勾画出了穿越、人生、四季、科学、艺术、人间、宗教、一带一路等峰回路转，穿越古今的宏伟诗卷，诗情彩虹般高悬天空。

——著名诗人 商泽军

王童的诗，视野开阔，想象力丰富，作者借寻找旅行者一号，将地球家园的各个层面展现了出来。这不由得让人想起但丁《神曲》的意喻。从另一个角度来看，人类探索宇宙的路途充满了艰辛。除这组航天诗句，王童其他题材的诗也独树一帜，

起承转合，激情澎湃，充满人类终极关怀的情怀。

——中国作家协会书记处书记、著名诗人小说家　邱华栋

王童的诗在走向国际化，其潜在的诗人特质愈发明显。诗人在重负下的歌吟，或悲痛，或坚忍，或绝望中的不甘，都在扎心的韵律中引人共鸣！个人以为，王童的此类诗作，已超过当年以国际题材擅长的程光锐、顾子欣等老诗人。

——《北京日报》原文艺部主任、诗人散文家　李培禹

王童老师的诗拜读过后，感觉属才华型的诗人，整体读下来，有种汪洋恣肆的感觉，就像滔滔不绝的江水。

——科普研究所副研究员、《科普创作》　姚利芬博士

大气磅礴，天马行空，家国情怀，世界眼光！

——文学评论家　孟繁华

王童了不起，内容触及，规模庞大！

——著名画家、思想家　陈丹青

王童大量地学诗，常常会在重量级的大报大刊上与我们见面，也让我们得以一睹童兄之胸怀情愫，一睹王童兄大爱之芬芳。大洋彼岸《红杉林》上的地球之望，让我又看到了诗歌别样的亮光。

——著名诗人、中国国土资源作家协会副主席
兼诗歌专业委员会主任　胡红拴

　　王童的痛苦被扭结成了如上的诗句，饱含着浓烈的情感和深厚的激情澎湃，在这个旅行的途中被他号叫了出来，没料到会这么精彩，却精彩地展现在我们的眼前。他幻想超升，却处处被大地所牵挂；他幻想进入历史与世界，却时刻被幻想所拽扯；他不知道自己想要说些什么，却不由自主地说出了自己的心里话……这就是王童的诗，不装，不作，不懵懂，很天然。虽然不敢断定他多么地卓越，但是我可以感受到的是：他的诗，像天然的流韵，最好不要追究他写了什么！他爱写什么就写什么吧，重要的是——流韵。

——鲁迅文学奖诗歌奖获得者、著名诗人　王久辛

　　王童的诗视野开阔，境界雄奇，不仅仅是科学诗，还是宇宙与人生的诗。

——原《诗刊》主编、中国作家协会书记处书记、
中国作家协会副主席　高洪波

图书在版编目（CIP）数据

寻找旅行者一号 / 王童著. -- 北京：作家出版社，
2020.7（2021.5 重印）

ISBN 978-7-5212-1006-4

Ⅰ.①寻… Ⅱ.①王… Ⅲ.①诗集 – 中国 – 当代
Ⅳ.①I227

中国版本图书馆CIP数据核字（2020）第101425号

寻找旅行者一号

作　　者：王　童
责任编辑：田小爽
装帧设计：漆玉新
出版发行：作家出版社有限公司
社　　址：北京农展馆南里10号　　邮　　编：100125
电话传真：86-10-65067186（发行中心及邮购部）
　　　　　86-10-65004079（总编室）
E-mail:zuojia@zuojia.net.cn
http://www.zuojiachubanshe.com
印　　刷：北京玺诚印务有限公司
成品尺寸：142×210
字　　数：267千
印　　张：12.5
版　　次：2020年10月第1版
印　　次：2021年5月第2次印刷
ISBN　978-7-5212-1006-4
定　　价：42.00元